Paru dans Le Livre de Poche :

POÈMES SATURNIENS *suivi de*
FÊTES GALANTES.

PAUL VERLAINE

La bonne chanson
Romances sans paroles
Sagesse

PRÉFACE D'ANTOINE BLONDIN

NOTES ET COMMENTAIRES
DE CLAUDE CUÉNOT

LE LIVRE DE POCHE

Claude Cuénot est né le 27 mars 1911 à Nancy (Meurthe-et-Moselle). Fils du biologiste Lucien Cuénot, membre de l'Institut, il est lui-même ancien élève de l'École Normale Supérieure (ex-æquo du président Pompidou), agrégé de grammaire en 1934, docteur ès lettres en 1952, auteur d'une thèse sur *Le Style de Paul Verlaine* (1963) et de divers livres devenus classiques sur Pierre Teilhard de Chardin.

PRÉFACE

LE nom déjà porte sa musique propre : Verlaine : ces syllabes froissent de discrets violons, alarment doucement l'oreille intérieure, lui suggèrent de retenir une chanson qui s'éloigne. On peut se référer à ce diapason avant d'ouvrir ce livre où, précisément, un orage d'une violence inouïe se dissipe en échos déchirants.

La Bonne Chanson, Romances sans paroles, Sagesse représentent trois moments d'un scénario qui va progressant jusqu'à son dénouement. Les rassembler, c'est étaler la montée d'un homme vers le drame de sa vie, son accomplissement, son apaisement. Ce qui, dans l'œuvre de Verlaine, précède les trois recueils de poèmes dont il s'agit ici, ce sont les apprentissages, l'approche de la contagion poétique, la formation d'un génie, dans l'acception où le mot peut également signifier « démon » : un art se forge, destiné à exprimer l'une des crises les plus notoires de la littérature française. Ce qui viendra par la suite ne sera que la conséquence d'un retour au calme, agité de vagues profondes, où il apparaît que le sens commun a raison, lorsqu'il prétend que nos actes — chez le poète, nos états d'âme — nous suivent. Nulle rédemption ne saurait échapper à la corruption patiente du remords et du regret.

Paul Verlaine était une faiblesse de la nature, au sens où l'on entend qu'il existe, paraît-il, des forces de la nature, mais avec autant de vivacité, de vigueur formidable dans l'abandon aux penchants. Ceux de Verlaine peuvent descendre très bas et d'autant plus douloureusement qu'il ne s'y complaît pas sans nostalgie. Rien du hors-la-loi chez ce bonhomme qui offre, dès la trentaine, le front de Socrate, les yeux du Faune, la barbe de Silène mais aussi le col et la cravate précise de Monsieur Taine, la redingote de Monsieur Thiers, le chapeau dûment épousseté de Monsieur Prudhomme. Ce souci d'être un monsieur ne le quittera jamais à travers les pires dépravations. Aucune aspiration bourgeoise ne saurait cependant prévaloir contre la tentation des aventures et il est dans la nature du personnage que ces aventures soient des égarements. S'il ne les provoque pas, ou rarement, il les subit toujours dans les délices effarées d'un dormeur s'éveillant à son rêve. Chez Verlaine, l'homme descend du songe et tend à y retourner en vertu d'une insatisfaction essentielle. L'inquiétude, où s'inscrit l'intolérable décalage entre la réalité et la vie rêvée, cherche sur les quais de départ, dans des amours impossibles, au bistrot, la route des grandes évasions.

Mais cette âme entraînée est une âme qui rebondit. Vieux Verlaine, vieil arbre plein d'oiseaux, sur ses branches tourmentées l'inquiétude trouve refuge dans la tendresse, la douleur dans l'ironie, l'émotion dans la familiarité. Vieux Verlaine, vieil enfant qui n'eut jamais qu'un âge, celui de ses chansons.

Le jeune homme de vingt-six ans qui apporte à l'éditeur Lemerre le manuscrit de *La Bonne Chanson*, au printemps 1870, jouit d'une assez bonne notoriété dans le milieu des Lettres et d'une atroce réputation dans le monde des siens. Certes, il est l'auteur des *Poèmes saturniens* et des *Fêtes galantes*, que Victor Hugo, Mallarmé, Théodore de Banville ont salués à leur naissance, mais la police l'a déjà repéré comme un épouvantable ivrogne, il fait le vide dans les estaminets d'Artois ou des Ardennes où il part abriter ses orgies, il a failli étrangler sa mère et son meilleur ami, il entretient enfin des relations coupables avec qui l'attire, avec qui s'y prête. Le tout, non pas dans les éclats presque joyeux d'une révolte mais au sein du plus furtif désarroi. Or ce débauché est fiancé avec une jeune fille de seize ans, cousine d'un de ses camarades, comme dans les histoires les plus édifiantes, et le recueil de poèmes qu'il s'apprête à déposer dans la corbeille nuptiale célèbre presque exclusivement une jeune fée aux manèges innocents. Ainsi *La Bonne Chanson* apparaît-elle d'abord comme une petite somme, parfois assez mièvre, de lettres de fiançailles avec ses descriptions élégiaques, ses allégories convenues, ses effusions dans les tons du pastel. Mais il y faut déchiffrer en filigrane une émouvante manœuvre d'exorcisme dans le contact de la pureté et de l'expression du sentiment, qu'on retrouve en permanence chez Verlaine jusque dans ses élans vers Dieu, que « c'est d'autrui qu'il attend d'être sauvé de soi », selon la formule de Jacques Borel.

Quoi qu'il en soit, Mathilde Mauté de Fleurville — c'était le nom de celle qui allait devenir l'épouse dans quelques mois — était sans s'en douter en train de manger son pain rose le premier.

> *...Blanche apparition qui chante et qui scintille,*
> *Dont rêve le poète et que l'homme chérit,*
> *Evoquant en ses vœux, dont peut-être on sourit,*
> *La compagne qu'enfin il a trouvée, et l'âme*
> *Que son âme depuis toujours pleure et réclame.*

Cet hommage assez banal, parmi tant d'autres, prend cependant un relief étonnant si on le rapproche des poèmes cruels de *Romances sans paroles*, particulièrement du fameux « Birds in the night » écrit à peine deux ans plus tard.

Victor Hugo décréta en toute simplicité que *La Bonne Chanson* était « une fleur dans un obus ». Par malheur, la fleur était surtout une fleur de rhétorique; quant à l'obus, parmi tous ceux de la guerre de 1870, celui, des plus féroces, qui allait s'abattre sur le foyer des Verlaine, s'appelait Arthur Rimbaud.

Un ménage prématurément désuni, où le mari tente d'égorger la femme, où le père s'acharne sur le nouveau-né, où une procédure de séparation s'est déjà instaurée, tel est le chaos sur lequel règne piteusement Verlaine, lorsqu'un jeune homme, de dix ans son cadet, y fait apparition le 10 septembre 1871. Arthur Rimbaud, long adolescent équivoque et troublant, « *le plus beau des mauvais anges* », débarque à Charleville, doublement poussé par une réelle admiration pour Verlaine et appelé par l'obscure convoitise de celui-ci : « *Venez, petite crasse... on vous attend !* » On lui a même envoyé l'argent du voyage. La foudre tombe sur la maison, sur les amis, sur la destinée d'un poète. En quelques semaines, les scandales à corps ouverts, les provocations, les bagarres, les farces les plus saumâtres achèvent de disloquer ce qui restait d'un couple, ce qui témoignait encore d'un ordre. Dès lors, la vie de Verlaine va prendre l'aspect d'un western conjugal.

Rimbaud chassé... Rimbaud rappelé... Verlaine en ménage avec Rimbaud... Verlaine à la reconquête de Mathilde... Verlaine en fuite avec Rimbaud... Mathilde à la poursuite de Verlaine à travers la Belgique... Verlaine et Rimbaud en Angleterre... Rimbaud en fuite... Verlaine à la recherche de Rimbaud... Verlaine à la recherche de Mathilde... Tels sont les multiples épisodes où le poète ne cesse de s'écarteler entre celle qui demeure « *la petite épouse et la fille aînée* » et celui qui est devenu « *l'époux infernal* ». Car Verlaine, dont la fidélité quasi animale touche au sublime, ne laisse jamais aucun sentiment en route et son drame aura peut-être été de demeurer toujours « captif de son passé, de son cœur, de ses défaites aussi bien que de ses conquêtes », comme l'a expliqué M. Octave Nadal.

La chevauchée s'achève à Bruxelles le 10 juillet 1873 par un coup de pistolet qui claque dans l'Histoire comme l'un des plus fameux baisers que deux amants se soient donné. Sur Rimbaud, décidé cette fois à rompre définitivement, Verlaine hébété a tiré deux balles sans grand résultat, sinon celui de l'envoyer pour deux ans à la prison de Mons. Et c'est dans sa cellule, en mars 1874, qu'il reçoit les premiers exemplaires de *Romances sans paroles*.

Ce recueil de poèmes admirables n'est pourtant pas de ceux dont on peut dire « qu'ils ont été fabriqués en prison ». Il contient l'agenda de l'aventure rimbaldienne, épouse ses itinéraires, reflète ses péripéties mais ne les raconte pas. Verlaine a retrouvé le fil du songe sur la

piste du « marcheur aux semelles de vent ». Ce sont là
poèmes écrits côte à côte.

Car l'adolescent Rimbaud n'avait pas débarqué à
Paris la tête vide. Enfant génial il portait en lui non seulement un monde d'imprécations mais déjà des convic-
tions, un système poétique et, pour tout dire, une superbe
santé métaphysique. Entamant la « chasse spirituelle »
en braconnier ardent, il entraîne son frère aîné sur des
chemins où, toute anecdote personnelle bannie, la poésie
redevenue objective se voulait un moyen de connaissance du monde saisi dans son tourbillon, ses contra-
dictions, ses musiques ineffables; monde éminemment
sensible qui exige qu'on l'aborde l'âme vide et la volonté
neutre; monde qui se délite sans cesse et se reconstruit
sous les pas des trimardeurs du rêve comme sous leurs
plumes impressionnistes.

Sans atteindre aux limites des *Illuminations* ou de
Une saison en enfer mais sans perdre la perfection musi-
cale propre à Verlaine, les *Romances sans paroles* sont
profondément influencées par Rimbaud. Tableaux hallu-
cinés, routes sans fin, étangs où se mirent des mirages,
tournoiements d'un manège flamand ou d'une gigue
écossaise, ne sont que l'instrument d'une fusion plus
intime de l'être avec un univers à appréhender, jamais
le cadre d'une anecdote ou d'une effusion personnelle.

Ce sont là mystères du commerce poétique : dans le
même temps qu'il consommait sa perdition, Rimbaud
ramenait Verlaine sur le droit chemin de son art.

L'âme absente dans un monde sans mémoire, l'abandon
aux paysages, aux objets, aux sensations, ne résistent pas
au séjour en prison. Ici plus de métamorphoses halluci-
nantes, plus de lignes de fuite, plus de violents désordres.

En même temps qu'il recouvre un peu de calme dans son cœur, Verlaine rouvre son intelligence aux règles d'une vie normale et d'une poésie traditionnelle. Le plus gros de l'orage est passé. Ordre suprême : la religion. Verlaine se convertit et écrit les premiers poèmes de *Sagesse*.

Retrouvées les formes du monde, Verlaine n'en conserve pas moins le sentiment d'une sorte de vertige contre lequel il lui faut se prémunir à chaque instant. L'envers du décor le hante encore. Le mysticisme où il se plonge vibre du tremblement poétique, c'est-à-dire qu'il est en équilibre comme l'extase.

Rentré en France en 1875, il tente de se réconcilier avec sa femme et de convertir Rimbaud au prix de vives querelles « *Aimons-nous en Jésus !* » (nous sommes loin des fameuses « nuits d'Hercule », où les deux amis s'épuisaient naguère, moins de quatre ans plus tôt !). Un séjour à la trappe de Chimay le convainc qu'il n'est pas à la mesure de la vie conventuelle. Il s'embarque pour l'Angleterre où il vivote de petits métiers de répétiteur et se gorge de lectures théologiques. On pressent le vieux garçon qui ne va pas tarder à se réinstaller dans l'orbite de sa mère.

Professeur à Rethel, surveillant général à Reims, fermier en Champagne, Verlaine draine dans son sillage un jeune élève, Lucien Letinois, sur qui l'on veut bien croire qu'il reporte ses sentiments paternels frustrés (Mathilde s'est définitivement éloignée avec leur fils Georges). La mort de Lucien va rejeter Verlaine vers la boisson, vers les débauches mixtes, les errances sordides, les brutalités. « *Le ciel par-dessus le toit, si bleu, si calme...* » de *Sagesse* se couvre de nuages. Que vas-tu faire, toi que voilà, de ta vieillesse ?

Le sacristain secoue sans aménité l'épaule de celui qu'il prend pour un clochard, agenouillé dans l'ombre d'un pilier. « Je n'aime pas qu'on m'emm... quand je prie », répond l'autre, qui retourne à sa méditation fortement imbibée. Demain, on le retrouvera peut-être à l'hôpital Broussais, à l'Hôtel-Dieu, à Cochin (il les fait tous comme les bistrots). Mais, tout à l'heure, au Café Procope, bien carré devant son absinthe sur la banquette de moleskine qui lui est un radeau de sauvetage, entrouvrant pour un sourire affable sa bouche « où habiteraient des sangliers » (Jules Renard) il redeviendra le Prince des poètes auprès de qui, déjà, une jeunesse accourt, qui a entendu sa voix en sourdine.

Entre beaucoup d'autres qui instruisent notre cœur, l'un des exemples de Verlaine doit nous inciter à respecter certaines épaves, à les aider à traverser la rue. Ces emmurés dans leur colère ou leur jubilation béate sont peut-être pleins de chansons qui n'ont pas fui.

Antoine Blondin.

LA BONNE CHANSON

1871

I

Le soleil du matin doucement chauffe et dore
Les seigles et les blés tout humides encore,
Et l'azur a gardé sa fraîcheur de la nuit.
L'on sort sans autre but que de sortir; on suit,
Le long de la rivière aux vagues herbes jaunes,
Un chemin de gazon que bordent de vieux aunes.
L'air est vif. Par moment un oiseau vole avec
Quelque fruit de la haie ou quelque paille au bec,
Et son reflet dans l'eau survit à son passage.
C'est tout.

        Mais le songeur aime ce paysage
Dont la claire douceur a soudain caressé
Son rêve de bonheur adorable, et bercé
Le souvenir charmant de cette jeune fille,
Blanche apparition qui chante et qui scintille,
Dont rêve le poète et que l'homme chérit,
Evoquant en ses vœux dont peut-être on sourit
La Compagne qu'enfin il a trouvée, et l'âme
Que son âme depuis toujours pleure et réclame.

II

Toute grâce et toutes nuances
Dans l'éclat doux de ses seize ans,
Elle a la candeur des enfances
Et les manèges innocents.

Ses yeux, qui sont les yeux d'un ange,
Savent pourtant, sans y penser,
Eveiller le désir étrange
D'un immatériel baiser.

Et sa main, à ce point petite
Qu'un oiseau-mouche n'y tiendrait,
Captive sans espoir de fuite,
Le cœur pris par elle en secret.

L'intelligence vient chez elle
En aide à l'âme noble; elle est
Pure autant que spirituelle :
Ce qu'elle a dit, il le fallait

Et si la sottise l'amuse
Et la fait rire sans pitié,
Elle serait, étant la muse,
Clémente jusqu'à l'amitié,

Jusqu'à l'amour — qui sait ? peut-être,
A l'égard d'un poète épris
Qui mendierait sous sa fenêtre,
L'audacieux ! un digne prix

De sa chanson bonne ou mauvaise !
Mais témoignant sincèrement,
Sans fausse note et sans fadaise,
Du doux mal qu'on souffre en aimant.

III

En robe grise et verte avec des ruches,
Un jour de juin que j'étais soucieux,
Elle apparut souriante à mes yeux
Qui l'admiraient sans redouter d'embûches;

Elle alla, vint, revint, s'assit, parla,
Légère et grave, ironique, attendrie :
Et je sentais en mon âme assombrie
Comme un joyeux reflet de tout cela;

Sa voix, étant de la musique fine,
Accompagnait délicieusement
L'esprit sans fiel de son babil charmant
Où la gaîté d'un bon cœur se devine.

Aussi soudain fus-je, après le semblant
D'une révolte aussitôt étouffée,
Au plein pouvoir de la petite Fée
Que depuis lors je supplie en tremblant.

IV

Puisque l'aube grandit, puisque voici l'aurore,
Puisque, après m'avoir fui longtemps, l'espoir veut bien
Revoler devers moi qui l'appelle et l'implore,
Puisque tout ce bonheur veut bien être le mien,

C'en est fait à présent des funestes pensées,
C'en est fait des mauvais rêves, ah ! c'en est fait
Surtout de l'ironie et des lèvres pincées
Et des mots où l'esprit sans l'âme triomphait.

Arrière aussi les poings crispés et la colère
A propos des méchants et des sots rencontrés;
Arrière la rancune abominable ! arrière
L'oubli qu'on cherche en des breuvages exécrés !

Car je veux, maintenant qu'un Etre de lumière
A dans ma nuit profonde émis cette clarté
D'une amour à la fois immortelle et première,
De par la grâce, le sourire et la bonté,

Je veux, guidé par vous, beaux yeux aux flammes douces,
Par toi conduit, ô main où tremblera ma main,
Marcher droit, que ce soit par des sentiers de mousses
Ou que rocs et cailloux encombrent le chemin;

Oui, je veux marcher droit et calme dans la Vie,
Vers le but où le sort dirigera mes pas,
Sans violence, sans remords et sans envie :
Ce sera le devoir heureux aux gais combats.

Et comme, pour bercer les lenteurs de la route,
Je chanterai des airs ingénus, je me dis
Qu'elle m'écoutera sans déplaisir sans doute;
Et vraiment je ne veux pas d'autre Paradis.

V

Avant que tu ne t'en ailles,
Pâle étoile du matin,
    — Mille cailles
Chantent, chantent dans le thym. —

Tourne devers le poète,
Dont les yeux sont pleins d'amour;
    — L'alouette
Monte au ciel avec le jour. —

Tourne ton regard que noie
L'aurore dans son azur;
    — Quelle joie
Parmi les champs de blé mûr ! —

Puis fais luire ma pensée
Là-bas, — bien loin, oh, bien loin !
    — La rosée
Gaîment brille sur le foin. —

Dans le doux rêve où s'agite
Ma mie endormie encor...
    — Vite, vite,
Car voici le soleil d'or. —

VI

La lune blanche
Luit dans les bois;
De chaque branche
Part une voix
Sous la ramée...

O bien-aimée.

L'étang reflète,
Profond miroir,
La silhouette
Du saule noir
Où le vent pleure...

Rêvons, c'est l'heure,

Un vaste et tendre
Apaisement
Semble descendre
Du firmament
Que l'astre irise...

C'est l'heure exquise.

VII

Le paysage dans le cadre des portières
Court furieusement, et des plaines entières
Avec de l'eau, des blés, des arbres et du ciel
Vont s'engouffrant parmi le tourbillon cruel
Où tombent les poteaux minces du télégraphe
Dont les fils ont l'allure étrange d'un paraphe.

Une odeur de charbon qui brûle et d'eau qui bout,
Tout le bruit que feraient mille chaînes au bout
Desquelles hurleraient mille géants qu'on fouette;
Et tout à coup des cris prolongés de chouette.
— Que me fait tout cela, puisque j'ai dans les yeux
La blanche vision qui fait mon cœur joyeux,
Puisque la douce voix pour moi murmure encore,
Puisque le Nom si beau, si noble et si sonore
Se mêle, pur pivot de tout ce tournoiement,
Au rythme du wagon brutal, suavement.

VIII

Une Sainte en son auréole,
Une Châtelaine en sa tour,
Tout ce que contient la parole
Humaine de grâce et d'amour;

La note d'or que fait entendre
Un cor dans le lointain des bois,
Mariée à la fierté tendre
Des nobles Dames d'autrefois;

Avec cela le charme insigne
D'un frais sourire triomphant
Eclos dans des candeurs de cygne
Et des rougeurs de femme-enfant;

Des aspects nacrés, blancs et roses,
Un doux accord patricien :
Je vois, j'entends toutes ces choses
Dans son nom Carlovingien.

IX

Son bras droit, dans un geste aimable de douceur,
Repose autour du cou de la petite sœur,
Et son bras gauche suit le rythme de la jupe.
A coup sûr une idée agréable l'occupe,
Car ses yeux si francs, car sa bouche qui sourit,
Témoignent d'une joie intime avec esprit.
Oh ! sa pensée exquise et fine, quelle est-elle ?
Toute mignonne, tout aimable, et toute belle,
Pour ce portrait, son goût infaillible a choisi
La pose la plus simple et la meilleure aussi :
Debout, le regard droit, en cheveux; et sa robe
Est longue juste assez pour qu'elle ne dérobe
Qu'à moitié sous ses plis jaloux le bout charmant
D'un pied malicieux imperceptiblement.

X

Quinze longs jours encore et plus de six semaines
Déjà ! Certes, parmi les angoisses humaines,
La plus dolente angoisse est celle d'être loin.
On s'écrit, on se dit que l'on s'aime; on a soin
D'évoquer chaque jour la voix, les yeux, le geste
De l'être en qui l'on met son bonheur, et l'on reste
Des heures à causer tout seul avec l'absent.
Mais tout ce que l'on pense et tout ce que l'on sent
Et tout ce dont on parle avec l'absent, persiste
A demeurer blafard et fidèlement triste.

Oh ! l'absence ! le moins clément de tous les maux !
Se consoler avec des phrases et des mots,
Puiser dans l'infini morose des pensées
De quoi vous rafraîchir, espérances lassées,
Et n'en rien remonter que de fade et d'amer !
Puis voici, pénétrant et froid comme le fer,
Plus rapide que les oiseaux et que les balles
Et que le vent du sud en mer et ses rafales
Et portant sur sa pointe aiguë un fin poison,
Voici venir, pareil aux flèches, le soupçon
Décoché par le Doute impur et lamentable.
Est-ce bien vrai ? Tandis qu'accoudé sur ma table

Je lis sa lettre avec des larmes dans les yeux,
Sa lettre, où s'étale un aveu délicieux,
N'est-elle pas alors distraite en d'autres choses ?
Qui sait ? Pendant qu'ici pour moi lents et moroses
Coulent les jours, ainsi qu'un fleuve au bord flétri
Peut-être que sa lèvre innocente a souri ?
Peut-être qu'elle est très joyeuse et qu'elle oublie ?

Et je relis sa lettre avec mélancolie.

XI

La dure épreuve va finir :
Mon cœur, souris à l'avenir.

Ils sont passés les jours d'alarmes
Où j'étais triste jusqu'aux larmes.

Ne suppute plus les instants,
Mon âme, encore un peu de temps.

J'ai tu les paroles amères
Et banni les sombres chimères.

Mes yeux exilés de la voir
De par un douloureux devoir,

Mon oreille avide d'entendre
Les notes d'or de sa voix tendre,

Tout mon être et tout mon amour
Acclament le bienheureux jour

Où, seul rêve et seule pensée,
Me reviendra la fiancée !

XII

Va, chanson, à tire-d'aile
Au devant d'elle, et dis-lui
Bien que dans mon cœur fidèle
Un rayon joyeux a lui,

Dissipant, lumière sainte,
Ces ténèbres de l'amour :
Méfiance, doute, crainte,
Et que voici le grand jour !

Longtemps craintive et muette,
Entendez-vous ? la gaîté,
Comme une vive alouette,
Dans le ciel clair a chanté.

Va donc, chanson ingénue,
Et que, sans nul regret vain,
Elle soit la bienvenue
Celle qui revient enfin.

XIII

Hier, on parlait de choses et d'autres,
Et mes yeux allaient recherchant les vôtres;

Et votre regard recherchait le mien
Tandis que courait toujours l'entretien.

Sous le banal des phrases pesées
Mon amour errait après vos pensées;

Et quand vous parliez, à dessein distrait,
Je prêtais l'oreille à votre secret :

Car la voix, ainsi que les yeux de Celle
Qui vous fait joyeux et triste, décèle,

Malgré tout effort morose ou rieur,
Et met au plein jour l'être intérieur.

Or, hier je suis parti plein d'ivresse :
Est-ce un espoir vain que mon cœur caresse,

Un vain espoir, faux et doux compagnon ?
Oh ! non ! n'est-ce pas ? n'est-ce pas que non ?

XIV

Le foyer, la lueur étroite de la lampe;
La rêverie avec le doigt contre la tempe
Et les yeux se perdant parmi les yeux aimés;
L'heure du thé fumant et des livres fermés;
La douceur de sentir la fin de la soirée;
La fatigue charmante et l'attente adorée
De l'ombre nuptiale et de la douce nuit,
Oh ! tout cela, mon rêve attendri le poursuit
Sans relâche, à travers toutes remises vaines,
Impatient des mois, furieux des semaines !

XV

J'ai presque peur, en vérité,
Tant je sens ma vie enlacée
A la radieuse pensée
Qui m'a pris l'âme l'autre été,

Tant votre image, à jamais chère,
Habite en ce cœur tout à vous,
Mon cœur uniquement jaloux
De vous aimer et de vous plaire;

Et je tremble, pardonnez-moi
D'aussi franchement vous le dire,
A penser qu'un mot, un sourire
De vous est désormais ma loi,

Et qu'il vous suffirait d'un geste.
D'une parole ou d'un clin d'œil,
Pour mettre tout mon être en deuil
De son illusion céleste.

Mais plutôt je ne veux vous voir,
L'avenir dût-il m'être sombre
Et fécond en peines sans nombre,
Qu'à travers un immense espoir,

Plongé dans ce bonheur suprême
De me dire encore et toujours,
En dépit des mornes retours,
Que je vous aime, que je t'aime !

XVI

Le bruit des cabarets, la fange du trottoir,
Les platanes déchus s'effeuillant dans l'air noir,
L'omnibus, ouragan de ferraille et de boues,
Qui grince, mal assis entre ses quatre roues,
Et roule ses yeux verts et rouges lentement,
Les ouvriers allant au club, tout en fumant
Leur brûle-gueule au nez des agents de police,
Toits qui dégouttent, murs suintants, pavé qui glisse,
Bitume défoncé, ruisseaux comblant l'égout,
Voilà ma route — avec le paradis au bout.

XVII

N'est-ce pas ? en dépit des sots et des méchants
Qui ne manqueront pas d'envier notre joie,
Nous serons fiers parfois et toujours indulgents.

N'est-ce pas ? nous irons, gais et lents, dans la voie
Modeste que nous montre en souriant l'Espoir,
Peu soucieux qu'on nous ignore ou qu'on nous voie.

Isolés dans l'amour ainsi qu'en un bois noir,
Nos deux cœurs, exhalant leur tendresse paisible,
Seront deux rossignols qui chantent dans le soir.

Quant au Monde, qu'il soit envers nous irascible
Ou doux, que nous feront ses gestes ? Il peut bien,
S'il veut, nous caresser ou nous prendre pour cible.

Unis par le plus fort et le plus cher lien,
Et d'ailleurs, possédant l'armure adamantine,
Nous sourirons à tous et n'aurons peur de rien.

Sans nous préoccuper de ce que nous destine
Le Sort, nous marcherons pourtant du même pas,
Et la main dans la main, avec l'âme enfantine

De ceux qui s'aiment sans mélange, n'est-ce pas ?

XVIII

Nous sommes en des temps infâmes
Où le mariage des âmes
Doit sceller l'union des cœurs;
A cette heure d'affreux orages
Ce n'est pas trop de deux courages
Pour vivre sous de tels vainqueurs.

En face de ce que l'on ose
Il nous siérait, sur toute chose,
De nous dresser, couple ravi
Dans l'extase austère du juste,
Et proclamant d'un geste auguste
Notre amour fier, comme un défi.

Mais quel besoin de te le dire?
Toi la bonté, toi le sourire,
N'es-tu pas le conseil aussi,
Le bon conseil loyal et brave,
Enfant rieuse au penser grave,
A qui tout mon cœur dit : merci !

XIX

Donc, ce sera par un clair jour d'été;
Le grand soleil, complice de ma joie,
Fera, parmi le satin et la soie,
Plus belle encor votre chère beauté;

Le ciel tout bleu, comme une haute tente,
Frissonnera somptueux à longs plis
Sur nos deux fronts heureux qu'auront pâlis
L'émotion du bonheur et l'attente;

Et quand le soir viendra, l'air sera doux
Qui se jouera, caressant, dans vos voiles,
Et les regards paisibles des étoiles
Bienveillamment souriront aux époux.

XX

J'allais par des chemins perfides,
Douloureusement incertain.
Vos chères mains furent mes guides.

Si pâle à l'horizon lointain
Luisait un faible espoir d'aurore;
Votre regard fut le matin.

Nul bruit, sinon son pas sonore,
N'encourageait le voyageur.
Votre voix me dit : « Marche encore ! »

Mon cœur craintif, mon sombre cœur
Pleurait, seul, sur la triste voie;
L'amour, délicieux vainqueur,

Nous a réunis dans la joie.

XXI

L'hiver a cessé : la lumière est tiède
Et danse, du sol au firmament clair.
Il faut que le cœur le plus triste cède
A l'immense joie éparse dans l'air.

Même ce Paris maussade et malade
Semble faire accueil aux jeunes soleils,
Et comme pour une immense accolade
Tend les mille bras de ses toits vermeils.

J'ai depuis un an le printemps dans l'âme
Et le vert retour du doux floréal,
Ainsi qu'une flamme entoure une flamme,
Met de l'idéal sur mon idéal.

Le ciel bleu prolonge, exhausse et couronne
L'immuable azur où rit mon amour.
La saison est belle et ma part est bonne
Et tous mes espoirs ont enfin leur tour.

Que vienne l'été ! que viennent encore
L'automne et l'hiver ! Et chaque saison
Me sera charmante, ô Toi que décore
Cette fantaisie et cette raison !

ROMANCES
SANS PAROLES

1874

ARIETTES OUBLIÉES

I

Le vent dans la plaine
Suspend son haleine.

FAVART

C'est l'extase langoureuse,
C'est la fatigue amoureuse,
C'est tous les frissons des bois
Parmi l'étreinte des brises,
C'est, vers les ramures grises,
Le chœur des petites voix.

O le frêle et frais murmure !
Cela gazouille et susurre,
Cela ressemble au cri doux
Que l'herbe agitée expire...
Tu dirais, sous l'eau qui vire,
Le roulis sourd des cailloux.

Cette âme qui se lamente
En cette plainte dormante,
C'est la nôtre, n'est-ce pas ?
La mienne, dis, et la tienne,
Dont s'exhale l'humble antienne
Par ce tiède soir, tout bas ?

II

Je devine, à travers un murmure,
Le contour subtil des voix anciennes
Et dans les lueurs musiciennes,
Amour pâle, une aurore future !

Et mon âme et mon cœur en délires
Ne sont plus qu'une espèce d'œil double
Où tremblote à travers un jour trouble
L'ariette, hélas ! de toutes lyres !

O mourir de cette mort seulette
Que s'en vont, cher amour qui t'épeures, —
Balançant jeunes et vieilles heures !
O mourir de cette escarpolette !

III

Il pleut doucement sur la ville
ARTHUR RIMBAUD.

Il pleure dans mon cœur
Comme il pleut sur la ville;
Quelle est cette langueur
Qui pénètre mon cœur ?

O bruit doux de la pluie
Par terre et sur les toits !
Pour un cœur qui s'ennuie
O le chant de la pluie !

Il pleure sans raison
Dans ce cœur qui s'écœure.
Quoi ! nulle trahison ?...
Ce deuil est sans raison.

C'est bien la pire peine
De ne savoir pourquoi
Sans amour et sans haine
Mon cœur a tant de peine !

IV

De la douceur, de la douceur, de la
douceur.

INCONNU.

Il faut, voyez-vous, nous pardonner les choses :
De cette façon nous serons bien heureuses
Et si notre vie a des instants moroses,
Du moins nous serons, n'est-ce pas, deux pleureuses,

O que nous mêlions, âmes sœurs que nous sommes,
A nos vœux confus la douceur puérile
De cheminer loin des femmes et des hommes,
Dans le frais oubli de ce qui nous exile !

Soyons deux enfants, soyons deux jeunes filles
Eprises de rien et de tout étonnées
Qui s'en vont pâlir sous les chastes charmilles
Sans même savoir qu'elles sont pardonnées.

V

Son joyeux, importun d'un clavecin
sonore.

PÉTRUS BOREL.

Le piano que baise une main frêle
Luit dans le soir rose et gris vaguement,
Tandis qu'un très léger bruit d'aile
Un air bien vieux, bien faible et bien charmant
Rôde discret, épeuré quasiment,
Par le boudoir longtemps parfumé d'Elle.

Qu'est-ce que c'est que ce berceau soudain
Qui lentement dorlote mon pauvre être ?
Que voudrais-tu de moi, doux Chant badin ?
Qu'as-tu voulu, fin refrain incertain
Qui vas tantôt mourir vers la fenêtre
Ouverte un peu sur le petit jardin ?

VI

C'est le chien de Jean de Nivelle
Qui mord sous l'œil même du Guet
Le chat de la mère Michel.
François-les-bas-bleus s'en égaie.

La Lune à l'écrivain public
Dispense sa lumière obscure
Où Médor avec Angélique
Verdissent sur le pauvre mur.

Et voici venir La Ramée
Sacrant, en bon soldat du Roy.
Sous son habit blanc mal famé
Son cœur ne se tient pas de joie :

Car la boulangère... — Elle ? — Oui dam !
Bernant Lustucru, son vieil homme,
A tantôt couronné sa flamme...
Enfants, *Dominus vobiscum !*

Place! En sa longue robe bleue
Toute en satin qui fait frou-frou,
C'est une impure, palsambleu !
Dans sa chaise qu'il faut qu'on loue,

Fût-on philosophe ou grigou,
Car tant d'or s'y relève en bosse
Que ce luxe insolent bafoue
Tout le papier de Monsieur Los !

Arrière, robin crotté ! place,
Petit courtaud, petit abbé,
Petit poète jamais las
De la rime non attrapée !

Voici que la nuit vraie arrive...
Cependant jamais fatigué
D'être inattentif et naïf,
François-les-bas-bleus s'en égaie.

VII

O triste, triste était mon âme
A cause, à cause d'une femme.

Je ne me suis pas consolé
Bien que mon cœur s'en soit allé,

Bien que mon cœur, bien que mon âme
Eussent fui loin de cette femme.

Je ne me suis pas consolé,
Bien que mon cœur s'en soit allé.

Et mon cœur, mon cœur trop sensible
Dit à mon âme : Est-il possible,

Est-il possible, — le fût-il, —
Ce fier exil, ce triste exil ?

Mon âme dit à mon cœur : Sais-je
Moi-même que nous veut ce piège

D'être présents bien qu'exilés,
Encore que loin en allés ?

VIII

Dans l'interminable
Ennui de la plaine
La neige incertaine
Luit comme du sable.

Le ciel est de cuivre
Sans lueur aucune.
On croirait voir vivre
Et mourir la lune.

Comme des nuées
Flottent gris les chênes
Des forêts prochaines
Parmi les buées.

Le ciel est de cuivre
Sans lueur aucune.
On croirait voir vivre
Et mourir la lune.

Corneille poussive
Et vous, les loups maigres,
Par ces bises aigres
Quoi donc vous arrive ?

Dans l'interminable
Ennui de la plaine
La neige incertaine
Luit comme du sable

IX

> Le rossignol qui du haut d'une branche se regarde dedans, croit être tombé dans la rivière. Il est au sommet d'un chêne et toutefois il a peur de se noyer.
>
> CYRANO DE BERGERAC.

L'ombre des arbres dans la rivière embrumée
      Meurt comme de la fumée
Tandis qu'en l'air, parmi les ramures réelles
      Se plaignent les tourterelles.

Combien, ô voyageur, ce paysage blême
      Te mira blême toi-même
Et que tristes pleuraient dans les hautes feuillées
      Tes espérances noyées !

Mai, juin 72.

PAYSAGES BELGES

« Conquestes du Roy. »
VIEILLES ESTAMPES.

WALCOURT

Briques et tuiles,
O les charmants
Petits asiles
Pour les amants !

Houblons et vignes,
Feuilles et fleurs,
Tentes insignes
Des francs buveurs !

Guinguettes claires,
Bières, clameurs,
Servantes chères
A tous fumeurs !

Gares prochaines,
Gais chemins grands...
Quelles aubaines,
Bons juifs-errants !

Juillet 72.

CHARLEROI

Dans l'herbe noire
Les Kobolds vont.
Le vent profond
Pleure, on veut croire.

Quoi donc se sent ?
L'avoine siffle.
Un buisson gifle
L'œil au passant.

Plutôt des bouges
Que des maisons.
Quels horizons
De forges rouges !

On sent donc quoi ?
Des gares tonnent,
Les yeux s'étonnent,
Où Charleroi ?

Parfums sinistres !
Qu'est-ce que c'est ?
Quoi bruissait
Comme des sistres ?

Sites brutaux !
Oh! votre haleine,
Sueur humaine,
Cris des métaux !

Dans l'herbe noire
Les Kobolds vont.
Le vent profond
Pleure, on veut croire.

BRUXELLES

SIMPLES FRESQUES

1

La fuite est verdâtre et rose
Des collines et des rampes
Dans un demi-jour de lampes
Que vient brouiller toute chose.

L'or sur les humbles abîmes,
Tout doucement s'ensanglante.
Des petits arbres sans cimes
Où quelque oiseau faible chante

Triste à peine tant s'effacent
Ces apparences d'automne,
Toutes mes langueurs rêvassent,
Que berce l'air monotone.

2

L'allée est sans fin
Sous le ciel, divin
D'être pâle ainsi :

Sais-tu qu'on serait
Bien sous le secret
De ces arbres-ci ?

Des messieurs bien mis,
Sans nul doute amis
Des Royers-Collards,
Vont vers le château :
J'estimerais beau
D'être ces vieillards.

Le château, tout blanc
Avec, à son flanc,
Le soleil couché,
Les champs à l'entour :
Oh ! que notre amour
N'est-il là niché !

Estaminet du Jeune Renard, août 72.

BRUXELLES

CHEVAUX DE BOIS

> Par saint Gille,
> Viens-nous-en,
> Mon agile
> Alezan !
>   V. Hugo.

Tournez, tournez, bons chevaux de bois,
Tournez cent tours, tournez mille tours,
Tournez souvent et tournez toujours,
Tournez, tournez au son des hautbois.

Le gros soldat, la plus grosse bonne
Sont sur vos dos comme dans leur chambre,
Car en ce jour au bois de la Cambre
Les maîtres sont tous deux en personne.

Tournez, tournez, chevaux de leur cœur,
Tandis qu'autour de tous vos tournois
Clignote l'œil du filou sournois,
Tournez au son du piston vainqueur.

C'est ravissant comme ça vous soûle
D'aller ainsi dans ce cirque bête :
Bien dans le ventre et mal dans la tête,
Du mal en masse et du bien en foule.

Tournez, tournez sans qu'il soit besoin
D'user jamais de nuls éperons
Pour commander à vos galops ronds,
Tournez, tournez, sans espoir de foin

Et dépêchez, chevaux de leur âme :
Déjà voici que la nuit qui tombe
Va réunir pigeon et colombe
Loin de la foire et loin de madame.

Tournez, tournez ! le ciel en velours
D'astres en or se vêt lentement.
Voici partir l'amante et l'amant.
Tournez au son joyeux des tambours !

Champ de foire de Saint-Gilles, août 72.

MALINES

Vers les prés le vent cherche noise
Aux girouettes, détail fin
Du château de quelque échevin,
Rouge de brique et bleu d'ardoise,
Vers les prés clairs, les prés sans fin...

Comme les arbres des féeries,
Des frênes, vagues frondaisons,
Echelonnent mille horizons
A ce Sahara de prairies,
Trèfle, luzerne et blancs gazons.

Les wagons filent en silence
Parmi ces sites apaisés.
Dormez, les vaches ! Reposez,
Doux taureaux de la plaine immense,
Sous vos cieux à peine irisés !

Le train glisse sans un murmure,
Chaque wagon est un salon
Où l'on cause bas et d'où l'on
Aime à loisir cette nature.
Faite à souhait pour Fénelon.

Août 72.

BIRDS IN THE NIGHT

Vous n'avez pas eu toute patience :
Cela se comprend par malheur, de reste
Vous êtes si jeune ! Et l'insouciance,
C'est le lot amer de l'âge céleste !

Vous n'avez pas eu toute la douceur.
Cela par malheur d'ailleurs se comprend;
Vous êtes si jeune, ô ma froide sœur,
Que votre cœur doit être indifférent !

Aussi, me voici plein de pardons chastes,
Non, certes ! joyeux, mais très calme en somme
Bien que je déplore en ces mois néfastes
D'être, grâce à vous, le moins heureux homme.

Et vous voyez bien que j'avais raison
Quand je vous disais, dans mes moments noirs,
Que vos yeux, foyers de mes vieux espoirs,
Ne couvaient plus rien que la trahison.

Vous juriez alors que c'était mensonge
Et votre regard qui mentait lui-même

Flambait comme un feu mourant qu'on prolonge,
Et de votre voix vous disiez : « Je t'aime ! »

Hélas ! on se prend toujours au désir
Qu'on a d'être heureux malgré la saison...
Mais ce fut un jour plein d'amer plaisir
Quand je m'aperçus que j'avais raison !

Aussi bien pourquoi me mettrais-je à geindre ?
Vous ne m'aimiez pas, l'affaire est conclue,
Et, ne voulant pas qu'on ose me plaindre,
Je souffrirai d'une âme résolue.

Oui ! je souffrirai, car je vous aimais !
Mais je souffrirai comme un bon soldat
Blessé qui s'en va dormir à jamais
Plein d'amour pour quelque pays ingrat.

Vous qui fûtes ma Belle, ma Chérie.
Encor que de vous vienne ma souffrance,
N'êtes-vous donc pas toujours ma Patrie,
Aussi jeune, aussi folle que la France ?

Or, je ne veux pas — le puis-je d'abord ? —
Plonger dans ceci mes regards mouillés.
Pourtant mon amour que vous croyez mort
A peut-être enfin les yeux dessillés.

Mon amour qui n'est plus que souvenance,
Quoique sous vos coups il saigne et qu'il pleure
Encore et qu'il doive, à ce que je pense,
Souffrir longtemps jusqu'à ce qu'il en meure,

Peut-être a raison de croire entrevoir
En vous un remords (qui n'est pas banal)
Et d'entendre dire, en son désespoir,
A votre mémoire : « Ah ! fi ! que c'est mal ! »

Je vous vois encor. J'entrouvris la porte.
Vous étiez au lit comme fatiguée.
Mais, ô corps léger que l'amour emporte,
Vous bondîtes nue, éplorée et gaie.

O quels baisers, quels enlacements fous !
J'en riais moi-même à travers mes pleurs.
Certes, ces instants seront, entre tous,
Mes plus tristes, mais aussi mes meilleurs.

Je ne veux revoir de votre sourire
Et de vos bons yeux en cette occurrence
Et de vous enfin, qu'il faudrait maudire,
Et du piège exquis, rien que l'apparence.

Je vous vois encore ! En robe d'été
Blanche et jaune avec des fleurs de rideaux.
Mais vous n'aviez plus l'humide gaîté
Du plus délirant de tous nos tantôts

La petite épouse et la fille aînée
Etait apparue avec la toilette
Et c'était déjà notre destinée
Qui me regardait sous votre voilette.

Soyez pardonnée ! Et c'est pour cela
Que je garde, hélas ! avec quelque orgueil
En mon souvenir, qui vous cajola,
L'éclair de côté que coulait votre œil.

Par instants je suis le Pauvre Navire
Qui court démâté parmi la tempête
Et, ne voyant pas Notre-Dame luire,
Par l'engouffrement en priant s'apprête

Par instants je meurs la mort du Pécheur
Qui se sait damné s'il n'est confessé
Et, perdant l'espoir de nul confesseur,
Se tord dans l'Enfer, qu'il a devancé.

O mais ! par instants, j'ai l'extase rouge
Du premier chrétien sous la dent rapace,
Qui rit à Jésus témoin, sans que bouge
Un poil de sa chair, un nerf de sa face !

Bruxelles. Londres, septembre-octobre 72.

AQUARELLES

GREEN

Voici des fruits, des fleurs, des feuilles et des branches
Et puis voici mon cœur qui ne bat que pour vous.
Ne le déchirez pas avec vos deux mains blanches
Et qu'à vos yeux si beaux l'humble présent soit doux.

J'arrive tout couvert encore de rosée
Que le vent du matin vient glacer à mon front.
Souffrez que ma fatigue à vos pieds reposée
Rêve des chers instants qui la délasseront.

Sur votre jeune sein laissez rouler ma tête
Toute sonore encore de vos derniers baisers;
Laissez-la s'apaiser de la bonne tempête,
Et que je dorme un peu puisque vous reposez.

SPLEEN

Les roses étaient toutes rouges
Et les lierres étaient tout noirs.

Chère, pour peu que tu ne bouges,
Renaissent tous mes désespoirs.

Le ciel était trop bleu, trop tendre,
La mer trop verte et l'air trop doux.

Je crains toujours, — ce qu'est d'attendre !
Quelque fuite atroce de vous.

Du houx à la feuille vernie
Et du luisant buis je suis las,

Et de la campagne infinie
Et de tout, fors de vous, hélas !

STREETS

1

Dansons la gigue !

J'aimais surtout ses jolis yeux,
Plus clairs que l'étoile des cieux,
J'aimais ses yeux malicieux.

Dansons la gigue !

Elle avait des façons vraiment
De désoler un pauvre amant,
Que c'en était vraiment charmant !

Dansons la gigue !

Mais je trouve encore meilleur
Le baiser de sa bouche en fleur.
Depuis qu'elle est morte à mon cœur.

Dansons la gigue !

Je me souviens, je me souviens
Des heures et des entretiens,
Et c'est le meilleur de mes biens.

Dansons la gigue !

Soho.

2

O la rivière dans la rue !
Fantastiquement apparue
Derrière un mur haut de cinq pieds,
Elle roule sans un murmure
Son onde opaque et pourtant pure
Par les faubourgs pacifiés.

La chaussée est très large, en sorte
Que l'eau jaune comme une morte
Dévale ample et sans nuls espoirs
De rien refléter que la brume,
Même alors que l'aurore allume
Les Cottages jaunes et noirs.

Paddington.

CHILD WIFE

Vous n'avez rien compris à ma simplicité,
　　　　Rien, ô ma pauvre enfant !
Et c'est avec un front éventé, dépité
　　　　Que vous fuyez devant.

Vos yeux qui ne devaient refléter que douceur,
　　　　Pauvre cher bleu miroir,
Ont pris un ton de fiel, ô lamentable sœur,
　　　　Qui nous fait mal à voir.

Et vous gesticulez avec vos petits bras
　　　　Comme un héros méchant,
En poussant d'aigres cris poitrinaires, hélas !
　　　　Vous qui n'étiez que chant !

Car vous avez eu peur de l'orage et du cœur
　　　　Qui grondait et sifflait,
Et vous bêlâtes vers votre mère — ô douleur ! —
　　　　Comme un triste agnelet.

Et vous n'aurez pas su la lumière et l'honneur
　　　　D'un amour brave et fort,
Joyeux dans le malheur, grave dans le bonheur,
　　　　Jeune jusqu'à la mort !

Londres, 2 avril 1873.

A POOR YOUNG SHEPHERD

J'ai peur d'un baiser
Comme d'une abeille.
Je souffre et je veille
Sans me reposer :
J'ai peur d'un baiser !

Pourtant j'aime Kate
Et ses yeux jolis.
Elle est délicate,
Aux longs traits pâlis.
Oh ! que j'aime Kate !

C'est Saint-Valentin !
Je dois et je n'ose
Lui dire au matin...
La terrible chose
Que Saint-Valentin !

Elle m'est promise,
Fort heureusement !
Mais quelle entreprise
Que d'être un amant
Près d'une promise !

J'ai peur d'un baiser
Comme d'une abeille.
Je souffre et je veille
Sans me reposer :
J'ai peur d'un baiser !

BEAMS

Elle voulut aller sur les bords de la mer,
Et comme un vent bénin soufflait une embellie,
Nous nous prêtâmes tous à sa belle folie,
Et nous voilà marchant par le chemin amer.

Le soleil luisait haut dans le ciel calme et lisse,
Et dans ses cheveux blonds c'étaient des rayons d'or,
Si bien que nous suivions son pas plus calme encor
Que le déroulement des vagues, ô délice !

Des oiseaux blancs volaient alentour mollement
Et des voiles au loin s'inclinaient toutes blanches.
Parfois de grands varechs filaient en longues branches,
Nos pieds glissaient d'un pur et large mouvement.

Elle se retourna, doucement inquiète
De ne nous croire pas pleinement rassurés,
Mais nous voyant joyeux d'être ses préférés,
Elle reprit sa route et portait haut la tête.

Douvres-Ostende, à bord de la « Comtesse-de-Flandre »,
4 avril 1873.

SAGESSE

1880

A MA MÈRE
P. V.
(Mai 1889).

PRÉFACE DE LA PREMIÈRE ÉDITION

L'auteur de ce livre n'a pas toujours pensé comme aujourd'hui. Il a longtemps erré dans la corruption contemporaine, y prenant sa part de faute et d'ignorance. Des chagrins très mérités l'ont depuis averti, et Dieu lui a fait la grâce de comprendre l'avertissement. Il s'est prosterné devant l'Autel longtemps méconnu, il adore la Toute-Bonté et invoque la Toute-Puissance, fils soumis de l'Eglise, le dernier en mérites, mais plein de bonne volonté.

Le sentiment de sa faiblesse et le souvenir de ses chutes l'ont guidé dans l'élaboration de cet ouvrage qui est son premier acte de foi public depuis un long silence littéraire : on n'y trouvera rien, il l'espère, de contraire à cette charité que l'auteur, désormais chrétien, doit aux pécheurs dont il a jadis et presque naguère pratiqué les haïssables mœurs.

Deux ou trois pièces toutefois rompent le silence qu'il

s'est en conscience imposé à cet égard, mais on observera qu'elles portent sur des actes publics, sur des événements dès lors trop généralement providentiels pour qu'on ne puisse voir dans leur énergie qu'un témoignage nécessaire, qu'une *confession* sollicitée par l'idée du devoir religieux et d'une espérance française.

L'auteur a publié très jeune, c'est-à-dire il y a une dizaine et une douzaine d'années, des vers sceptiques et tristement légers. Il ose compter qu'en ceux-ci nulle dissonance n'ira choquer la délicatesse d'une oreille catholique : ce serait sa plus chère gloire comme c'est son espoir le plus fier.

Paris, 30 juillet 1880.

I

I

Bon chevalier masqué qui chevauche en silence,
Le Malheur a percé mon vieux cœur de sa lance.

Le sang de mon vieux cœur n'a fait qu'un jet vermeil,
Puis s'est évaporé sur les fleurs, au soleil.

L'ombre éteignit mes yeux, un cri vint à ma bouche
Et mon vieux cœur est mort dans un frisson farouche.

Alors le chevalier Malheur s'est rapproché,
Il a mis pied à terre et sa main m'a touché.

Son doigt ganté de fer entra dans ma blessure
Tandis qu'il attestait sa loi d'une voix dure.

Et voici qu'au contact glacé du doigt de fer
Un cœur me renaissait, tout un cœur pur et fier,

Et voici que, fervent d'une candeur divine,
Tout un cœur jeune et bon battit dans ma poitrine !

Or je restais tremblant, ivre, incrédule un peu,
Comme un homme qui voit des visions de Dieu.

Mais le bon chevalier, remonté sur sa bête.
En s'éloignant me fit un signe de la tête

Et me cria (j'entends *encore* cette voix) :
« Au moins prudence ! Car c'est bon pour une fois. »

II

J'avais peiné comme Sisyphe
Et comme Hercule travaillé
Contre la chair qui se rebiffe.

J'avais lutté, j'avais baillé
Des coups à trancher des montagnes,
Et comme Achille ferraillé.

Farouche ami qui m'accompagnes,
Tu le sais, courage païen,
Si nous en fîmes des campagnes,

Si nous avons négligé rien
Dans cette guerre exténuante,
Si nous avons travaillé bien !

Le tout en vain : l'âpre géante
A mon effort de tout côté
Opposait sa ruse ambiante,

Et toujours un lâche abrité
Dans mes conseils qu'il environne
Livrait les clefs de la cité.

Que ma chance fût male ou bonne,
Toujours un parti de mon cœur
Ouvrait sa porte à la Gorgone.

Toujours l'ennemi suborneur
Savait envelopper d'un piège
Même la victoire et l'honneur !

J'étais le vaincu qu'on assiège,
Prêt à vendre son sang bien cher,
Quand, blanche en vêtement de neige,

Toute belle, au front humble et fier,
Une Dame vint sur la nue,
Qui d'un signe fit fuir la chair.

Dans une tempête inconnue
De rage et de cris inhumains,
Et déchirant sa gorge nue.

Le Monstre reprit ses chemins
Par les bois pleins d'amours affreuses,
Et la Dame, joignant les mains :

« Mon pauvre combattant qui creuses,
Dit-elle, ce dilemme en vain,
Trêve aux victoires malheureuses !

« Il t'arrive un secours divin
Dont je suis sûre messagère
Pour ton salut, possible enfin ! »

— « O ma Dame dont la voix chère
Encourage un blessé jaloux
De voir finir l'atroce guerre,

« Vous qui parlez d'un ton si doux
En m'annonçant de bonnes choses,
Ma Dame, qui donc êtes-vous ? »

— « J'étais née avant toutes causes
Et je verrai la fin de tous
Les effets, étoiles et roses.

« En même temps, bonne, sur vous
Hommes faibles et pauvres femmes,
Je pleure, et je vous trouve fous !

« Je pleure sur vos tristes âmes,
J'ai l'amour d'elles, j'ai la peur
D'elles, et de leurs vœux infâmes !

« O ceci n'est pas le bonheur.
Veillez, quelqu'un l'a dit que j'aime,
Veillez, crainte du suborneur,

« Veillez, crainte du jour suprême !
Qui je suis ? me demandais-tu.
Mon nom courbe les anges même,

« Je suis le cœur de la vertu,
Je suis l'âme de la sagesse,
Mon nom brûle l'Enfer têtu,

« Je suis la douceur qui redresse,
J'aime tous et n'accuse aucun,
Mon nom, seul, se nomme promesse,

« je suis l'unique hôte opportun,
Je parle au roi le vrai langage
Du matin rose et du soir brun.

« Je suis la PRIÈRE, et mon gage
C'est ton vice en déroute au loin.
Ma condition : « Toi, sois sage. »

— « Oui, ma Dame, et soyez témoin ! »

III

Qu'en dis-tu, voyageur, des pays et des gares ?
Du moins as-tu cueilli l'ennui, puisqu'il est mûr,
Toi que voilà fumant de maussades cigares,
Noir, projetant une ombre absurde sur le mur ?

Tes yeux sont aussi morts depuis les aventures,
Ta grimace est la même et ton guide est pareil :
Telle la lune vue à travers des mâtures,
Telle la vieille mer sous le jeune soleil,

Tel l'ancien cimetière aux tombes toujours neuves '
Mais voyons, et dis-nous les récits devinés,
Ces désillusions pleurant le long des fleuves,
Ces dégoûts comme autant de fades nouveau-nés,

Ces femmes ! Dis les gaz, et l'horreur identique
Du mal toujours, du laid partout sur tes chemins,
Et dis l'Amour et dis encor la Politique
Avec du sang déshonoré d'encre à leurs mains.

Et puis surtout ne va pas t'oublier toi-même,
Traînassant ta faiblesse et ta simplicité
Partout où l'on bataille et partout où l'on aime,
D'une façon si triste et folle, en vérité !

A-t-on assez puni cette lourde innocence ?
Qu'en dis-tu ? L'homme est dur, mais la femme ? Et tes
                                          [pleurs,
Qui les a bus ? Et quelle âme qui les recense
Console ce qu'on peut appeler tes malheurs ?

Ah les autres, ah toi ! Crédule à qui te flatte,
Toi qui rêvais (c'était trop excessif, aussi)
Je ne sais quelle mort légère et délicate !
Ah toi, espèce d'ange avec ce vœu transi !

Mais maintenant les plans, les buts ? Es-tu de force,
Ou si d'avoir pleuré t'a détrempé le cœur ?
L'arbre est tendre s'il faut juger d'après l'écorce,
Et tes aspects ne sont pas ceux d'un grand vainqueur.

Si gauche encore ! avec l'aggravation d'être
Un sorte à présent d'idyllique engourdi
Qui surveille le ciel bête par la fenêtre
Ouverte aux yeux matois du démon de midi.

Si le même dans cette extrême décadence !
Enfin ! — Mais à ta place un être avec du sens,
Payant les violons voudrait mener la danse,
Au risque d'alarmer quelque peu les passants.

N'as-tu pas, en fouillant les recoins de ton âme,
Un beau vice à tirer comme un sabre au soleil,
Quelque vice joyeux, effronté, qui s'enflamme
Et vibre, et darde rouge au front du ciel vermeil ?

Un ou plusieurs ? Si oui, tant mieux ! Et pars bien vite
En guerre, et bats d'estoc et de taille, sans choix
Surtout, et mets ce masque indolent où s'abrite
La haine inassouvie et repue à la fois...

Il faut n'être pas dupe en ce farceur de monde
Où le bonheur n'a rien d'exquis et d'alléchant
S'il n'y frétille un peu de pervers et d'immonde,
Et pour n'être pas dupe il faut être méchant.

— Sagesse humaine, ah, j'ai les yeux sur d'autres choses,
Et parmi ce passé dont ta voix décrivait
L'ennui, pour des conseils encore plus moroses,
Je ne me souviens plus que du mal que j'ai fait.

Dans tous les mouvements bizarres de ma vie,
De mes « malheurs », selon le moment et le lieu,
Des autres et de moi, de la route suivie,
Je n'ai rien retenu que la grâce de Dieu.

Si je me sens puni, c'est que je le dois être,
Ni l'homme ni la femme ici ne sont pour rien.
Mais j'ai le ferme espoir d'un jour pouvoir connaître
Le pardon et la paix promis à tout Chrétien.

Bien de n'être pas dupe en ce monde d'une heure,
Mais pour ne l'être pas durant l'éternité,
Ce qu'il faut à tout prix qui règne et qui demeure,
Ce n'est pas la méchanceté, c'est la bonté.

IV

Malheureux ! Tous les dons, la gloire du baptême,
Ton enfance chrétienne, une mère qui t'aime,
La force et la santé comme le pain et l'eau,
Cet avenir enfin, décrit dans le tableau
De ce passé plus clair que le jeu des marées,
Tu pilles tout, tu perds en viles simagrées
Jusqu'aux derniers pouvoirs de ton esprit, hélas !
La malédiction de n'être jamais las
Suit tes pas sur le monde où l'horizon t'attire,
L'enfant prodigue avec des gestes de satyre !
Nul avertissement, douloureux ou moqueur,
Ne prévaut sur l'élan funeste de ton cœur.
Tu flânes à travers péril et ridicule,
Avec l'irresponsable audace d'un Hercule
Dont les travaux seraient fous, nécessairement.
L'amitié — dame ! — a tu son reproche clément,
Et chaste, et sans aucun espoir que le suprême,
Vient prier, comme au lit d'un mourant qui blasphème.
La patrie oubliée est dure au fils affreux,
Et le monde alentour dresse ses buissons creux
Où ton désir mauvais s'épuise en flèches mortes.
Maintenant il te faut passer devant les portes,
Hâtant le pas de peur qu'on ne lâche le chien

Et si tu n'entends pas rire, c'est encor bien.
Malheureux, toi Français, toi Chrétien, quel dommage !
Mais tu vas, la pensée obscure de l'image
D'un bonheur qu'il te faut immédiat, étant
Athée (avec la foule !) et jaloux de l'instant,
Tout appétit parmi ces appétits féroces,
Epris de la fadaise actuelle, mots, noces
Et festins, la « Science », et « l'esprit de Paris »,
Tu vas magnifiant ce par quoi tu péris,
Imbécile ! et niant le soleil qui t'aveugle !
Tout ce que les temps ont de bête paît et beugle
Dans ta cervelle, ainsi qu'un troupeau dans un pré,
Et les vices de tout le monde ont émigré
Pour ton sang dont le fer lâchement s'étiole.
Tu n'es plus bon à rien de propre, ta parole
Est morte de l'argot et du ricanement,
Et d'avoir rabâché les bourdes du moment.
Ta mémoire, de tant d'obscénités bondée,
Ne saurait accueillir la plus petite idée,
Et patauge parmi l'égoïsme ambiant,
En quête d'on ne peut dire quel vil néant !
Seul, entre les débris honnis de ton désastre,
L'Orgueil, qui met la flamme au front du poétastre
Et fait au criminel un prestige odieux,
Seul, l'Orgueil est vivant, il danse dans tes yeux,
Il regarde la Faute et rit de s'y complaire.

    — Dieu des humbles, sauvez cet enfant de colère !

V

Beauté des femmes, leur faiblesse, et ces mains pâles
Qui font souvent le bien et peuvent tout le mal.
Et ces yeux, où plus rien ne reste d'animal
Que juste assez pour dire : « Assez » aux fureurs mâles !

Et toujours, maternelle endormeuse des râles,
Même quand elle ment, cette voix ! Matinal
Appel, ou chant bien doux à vêpre, ou frais signal,
Ou beau sanglot qui va mourir au pli des châles !...

Hommes durs ! Vie atroce et laide d'ici-bas !
Ah ! que du moins, loin des baisers et des combats,
Quelque chose demeure un peu sur la montagne,

Quelque chose du cœur enfantin et subtil,
Bonté, respect ! Car qu'est-ce qui nous accompagne,
Et vraiment, quand la mort viendra, que reste-t-il ?

VI

O vous, comme un qui boite au loin, Chagrins et Joies,
Toi, cœur saignant d'hier qui flambes aujourd'hui,
C'est vrai pourtant que c'est fini, que tout a fui
De nos sens, aussi bien les ombres que les proies.

Vieux bonheurs, vieux malheurs, comme une file d'oies
Sur la route en poussière où tous les pieds ont lui,
Bon voyage ! Et le Rire, et, plus vieille que lui,
Toi, Tristesse, noyée au vieux noir que tu broies !

Et le reste ! — Un doux vide, un grand renoncement,
Quelqu'un en nous qui sent la paix immensément,
Une candeur d'une fraîcheur délicieuse...

Et voyez ! notre cœur qui saignait sous l'orgueil,
Il flambe dans l'amour, et s'en va faire accueil
A la vie, en faveur d'une mort précieuse !

VII

Les faux beaux jours ont lui tout le jour, ma pauvre âme,
Et les voici vibrer aux cuivres du couchant.
Ferme les yeux, pauvre âme, et rentre sur-le-champ :
Une tentation des pires. Fuis l'infâme.

Ils ont lui tout le jour en longs grêlons de flamme,
Battant toute vendange aux collines, couchant
Toute moisson de la vallée, et ravageant
Le ciel tout bleu, le ciel chanteur qui te réclame.

O pâlis, et va-t'en, lente et joignant les mains.
Si ces hiers allaient manger nos beaux demains ?
Si la vieille folie était encore en route ?

Ces souvenirs, va-t-il falloir les retuer ?
Un assaut furieux, le suprême sans doute !
O va prier contre l'orage, va prier.

VIII

La vie humble aux travaux ennuyeux et faciles
Est une œuvre de choix qui veut beaucoup d'amour.
Rester gai quand le jour, triste, succède au jour,
Etre fort, et s'user en circonstances viles,

N'entendre, n'écouter aux bruits des grandes villes
Que l'appel, ô mon Dieu, des cloches dans la tour,
Et faire un de ces bruits soi-même, cela pour
L'accomplissement vil de tâches puériles,

Dormir chez les pécheurs étant un pénitent,
N'aimer que le silence et converser pourtant,
Le temps si grand dans la patience si grande,

Le scrupule naïf aux repentirs têtus,
Et tous ces soins autour de ces pauvres vertus !
— Fi, dit l'Ange Gardien, de l'orgueil qui marchande !

IX

Sagesse d'un Louis Racine, je t'envie !
O n'avoir pas suivi les leçons de Rollin,
N'être pas né dans le grand siècle à son déclin,
Quand le soleil couchant, si beau, dorait la vie,

Quand Maintenon jetait sur la France ravie
L'ombre douce et la paix de ses coiffes de lin,
Et royale abritait la veuve et l'orphelin,
Quand l'étude de la prière était suivie,

Quand poète et docteur, simplement, bonnement,
Communiaient avec des ferveurs de novices,
Humbles servaient la Messe et chantaient aux offices

Et, le printemps venu, prenaient un soin charmant
D'aller dans les Auteuils cueillir lilas et roses
En louant Dieu, comme Garo, de toutes choses !

x

Non. Il fut gallican, ce siècle, et janséniste !
C'est vers le Moyen Age énorme et délicat
Qu'il faudrait que mon cœur en panne naviguât,
Loin de nos jours d'esprit charnel et de chair triste.

Roi, politicien, moine, artisan, chimiste,
Architecte, soldat, médecin, avocat,
Quel temps ! Oui, que mon cœur naufragé rembarquât
Pour toute cette force ardente, souple, artiste !

Et là que j'eusse part — quelconque, chez les rois
Ou bien ailleurs, n'importe, — à la chose vitale,
Et que je fusse un saint, actes bons, pensers droits,

Haute théologie et solide morale,
Guidé par la folie unique de la Croix
Sur tes ailes de pierre, ô folle Cathédrale !

XI

Petits amis qui sûtes nous prouver
Par A plus B que deux et deux font quatre,
Mais qui depuis voulez parachever
Une victoire où l'on se laissait battre,

Et couronner vos conquêtes d'un coup
Par ce soufflet à la mémoire humaine :
« Dieu ne vous a révélé rien du tout,
Car nous disons qu'il n'est que l'ombre vaine,

Que le profil et que l'allongement,
Sur tous les murs que la peur édifie,
De votre pur et simple mouvement,
Et nous dictons cette philosophie. »

— Frères trop chers, laissez-nous rire un peu,
Nous les fervents d'une logique rance,
Qui justement n'avons de foi qu'en Dieu
Et mettons notre espoir dans l'Espérance,

Laissez-nous rire un peu, pleurer aussi,
Pleurer sur vous, rire du vieux blasphème,
Rire du vieux Satan stupide ainsi,
Pleurer sur cet Adam dupe quand même !

Frères de nous qui payons vos orgueils,
Tous fils du même Amour, ah ! la science,
Allons donc, allez donc, c'est nos cercueils
Naïfs ou non, c'est notre méfiance

Ou notre confiance aux seuls Récits,
C'est notre oreille ouverte toute grande
Ou tristement fermée au Mot précis !
Frères, lâchez la science gourmande

Qui veut voler sur les ceps défendus
Le fruit sanglant qu'il ne faut pas connaître.
Lâchez son bras qui vous tient attendus
Pour des enfers que Dieu n'a pas fait naître,

Mais qui sont l'œuvre affreuse du péché,
Car nous, les fils attentifs de l'Histoire,
Nous tenons pour l'honneur jamais taché
De la Tradition, supplice et gloire !

Nous sommes sûrs des Aïeux nous disant
Qu'ils ont vu Dieu sous telle ou telle forme,
Et prédisant aux crimes d'*à présent*
La peine immense ou le pardon énorme.

Puisqu'ils avaient vu Dieu présent toujours,
Puisqu'ils ne mentaient pas, puisque nos crimes
Vont effrayants, puisque vos yeux sont courts,
Et puisqu'il est des repentirs sublimes,

Ils ont dit tout. Savoir le reste est bien,
Que deux et deux fassent quatre, à merveille !
Riens innocents, mais des riens moins que rien,
La dernière heure étant là qui surveille

Tout autre soin dans l'homme en vérité !
Gardez que trop chercher ne vous séduise
Loin d'une sage et forte humilité...
Le seul savant, c'est encore Moïse.

XII

Or, vous voici promus, petits amis,
Depuis les temps de ma lettre première,
Promus, disais-je, aux fiers emplois promis
A votre thèse, en ces jours de lumière.

Vous voici rois de France ! A votre tour !
Rois à plusieurs d'une France postiche,
Mais rois de fait et non sans quelque amour
D'un trône lourd avec un budget riche.

A l'œuvre, amis petits ! Nous avons droit
De vous y voir, payant de notre poche,
Et d'être un peu réjouis à l'endroit
De votre état sans peur et sans reproche.

Sans peur ? Du maître. O le maître, mais c'est
L'Ignorant-chiffre et le Suffrage-nombre,
Total, le peuple, un « âne » fort « qui s'est
Cabré » pour vous espoir clair, puis fait sombre,

Cabré comme une chèvre, c'est le mot.
Et votre bras, saignant jusqu'à l'aisselle,
S'efforce en vain : fort comme Béhémot
Le monstre tire... et votre peur est telle

Quand l'âne brait, que le voilà parti
Qui par les dents vous boute cent ruades
En forme de reproche bien senti...
Courez après, frottant vos reins malades !

O peuple, nous t'aimons immensément :
N'es-tu donc pas la pauvre âme ignorante
En proie à tout ce qui sait et qui ment ?
N'es-tu donc pas l'immensité souffrante ?

La charité nous fait chercher tes maux,
La foi nous guide à travers les ténèbres.
On t'a rendu semblable aux animaux,
Moins leur candeur, et plein d'instincts funèbres.

L'orgueil t'a pris en ce quatre-vingt-neuf,
Nabuchodonosor, et te fait paître,
Ane obstiné, mouton buté, dur bœuf,
Broutant pouvoir, famille, soldat, prêtre !

O paysan cassé sur tes sillons,
Pâle ouvrier qu'esquinte la machine,
Membres sacrés de Jésus-Christ, allons,
Relevez-vous, honorez votre échine,

Portez l'amour qu'il faut à vos bras forts,
Vos pieds vaillants sont les plus beaux du monde,
Respectez-les, fuyez ces chemins tors,
Fermez l'oreille à ce conseil immonde,

Redevenez les Français d'autrefois,
Fils de l'Église, et dignes de vos pères !
O s'ils savaient ceux-ci sur vos pavois,
Leurs os sueraient de honte aux cimetières.

— Vous, nos tyrans minuscules d'un jour,
(L'énormité des actes rend les princes
Surtout de souche impure, et malgré cour
Et splendeur et le faste, encor plus minces),

Laissez le règne et rentrez dans le rang.
Aussi bien l'heure est proche où la tourmente
Vous va donner des loisirs, et tout blanc
L'avenir flotte avec sa Fleur charmante

Sur la Bastille absurde où vous teniez
La France aux fers d'un blasphème et d'un schisme,
Et la chronique en de cléments Téniers
Déjà vous peint allant au catéchisme.

XIII

Prince mort en soldat à cause de la France,
      Ame certes élue,
Fier jeune homme si pur tombé plein d'espérance,
      Je t'aime et te salue !

Ce monde est si mauvais, notre pauvre patrie
      Va sous tant de ténèbres,
Vaisseau désemparé dont l'équipage crie
      Avec des voix funèbres,

Ce siècle est un tel ciel tragique où les naufrages
      Semblent écrits d'avance...
Ma jeunesse, élevée aux doctrines sauvages,
      Détesta ton enfance,

Et plus tard, cœur pirate épris des seules côtes
      Où la révolte naisse,
Mon âge d'homme, noir d'orages et de fautes,
      Abhorrait ta jeunesse.

Maintenant j'aime Dieu dont l'amour et la foudre
      M'ont fait une âme neuve,
Et maintenant que mon orgueil réduit en poudre,
      Humble, accepte l'épreuve,

J'admire ton destin, j'adore, tout en larmes
      Pour les pleurs de ta mère,
Dieu qui te fit mourir, beau prince, sous les armes,
      Comme un héros d'Homère.

Et je dis, réservant d'ailleurs mon vœu suprême
      Au lys de Louis Seize :
Napoléon qui fus digne du diadème,
      Gloire à ta mort française !

Et priez bien pour nous, pour cette France ancienne,
      Aujourd'hui vraiment « Sire »,
Dieu qui vous couronna, sur la terre païenne,
      Bon chrétien, du martyre !

XIV

Vous reviendrez bientôt, les bras pleins de pardons
　　　　Selon votre coutume,
O Pères excellents qu'aujourd'hui nous perdons
　　　　Pour comble d'amertume.

Vous reviendrez, vieillards exquis, avec l'honneur,
　　　　Et sa règle chérie,
Et que de pleurs joyeux, et quels cris de bonheur
　　　　Dans toute la patrie !

Vous reviendrez, après ces glorieux exils,
　　　　Après des moissons d'âmes,
Après avoir prié pour ceux-ci, fussent-ils
　　　　Encore plus infâmes,

Après avoir couvert les îles et la mer
　　　　De votre ombre si douce
Et réjoui le ciel et consterné l'enfer,
　　　　Béni qui vous repousse,

Béni qui vous dépouille au cri de liberté,
　　　　Béni l'impie en armes,
Et l'enfant qu'il vous prend des bras, — et racheté
　　　　Nos crimes par vos larmes !

Proscrits des jours, vainqueurs des temps, non point adieu,
       Vous êtes l'espérance.
A tantôt, Pères saints, qui nous vaudrez de Dieu
       Le salut pour la France !

XV

On n'offense que Dieu qui seul pardonne.

                                                              Mais

On contriste son frère, on l'afflige, on le blesse,
On fait gronder sa haine ou pleurer sa faiblesse,
Et c'est un crime affreux qui va troubler la paix
Des simples, et donner au monde sa pâture,
Scandale, cœurs perdus, gros mots et rire épais,

Le plus souvent par un effet de la nature
Des choses, ce péché trouve son châtiment
Même ici-bas, féroce et long, communément.
Mais l'*Amour* tout-puissant donne à la créature
Le sens de son malheur, qui mène au repentir
Par une route lente et haute, mais très sûre.

Alors un grand désir, un seul, vient investir
Le pénitent, après les premières alarmes,
Et c'est d'humilier son front devant les larmes
De naguère, sans rien qui pourrait amortir
Le coup droit pour l'orgueil, et de rendre les armes
Comme un soldat vaincu, — triste, de bonne foi.

O ma sœur, qui m'avez puni, pardonnez-moi !

XVI

Ecoutez la chanson bien douce
Qui ne pleure que pour vous plaire.
Elle est discrète, elle est légère :
Un frisson d'eau sur de la mousse !

La voix vous fut connue (et chère ?),
Mais à présent elle est voilée
Comme une veuve désolée
Pourtant comme elle encore fière,

Et dans les longs plis de son voile
Qui palpite aux brises d'automne,
Cache et montre au cœur qui s'étonne
La vérité comme une étoile.

Elle dit, la voix reconnue,
Que la bonté c'est notre vie,
Que de la haine et de l'envie
Rien ne reste, la mort venue.

Elle parle aussi de la gloire
D'être simple sans plus attendre.
Et de noces d'or et du tendre
Bonheur d'une paix sans victoire.

Accueillez la voix qui persiste
Dans son naïf épithalame.
Allez, rien n'est meilleur à l'âme
Que de faire une âme moins triste !

Elle est *en peine* et *de passage*,
L'âme qui souffre sans colère,
Et comme sa morale est claire !...
Écoutez la chanson bien sage.

XVII

Les chères mains qui furent miennes,
Toutes petites, toutes belles,
Après ces méprises mortelles
Et toutes ces choses païennes,

Après les rades et les grèves,
Et les pays et les provinces,
Royales mieux qu'au temps des princes,
Les chères mains m'ouvrent les rêves.

Mains en songe, mains sur mon âme,
Sais-je, moi, ce que vous daignâtes,
Parmi ces rumeurs scélérates,
Dire à cette âme qui se pâme ?

Ment-elle, ma vision chaste
D'affinité spirituelle,
De complicité maternelle,
D'affection étroite et vaste ?

Remords si chers, peine très bonne,
Rêves bénits, mains consacrées,
O ces mains, ces mains vénérées,
Faites le geste qui pardonne !

XVIII

Et j'ai revu l'enfant unique : il m'a semblé
Que s'ouvrait dans mon cœur la dernière blessure,
Celle dont la douleur plus exquise m'assure
D'une mort désirable en un jour consolé.

La bonne flèche aiguë et sa fraîcheur qui dure !
En ces instants choisis elles ont éveillé
Les rêves un peu lourds du scrupule ennuyé,
Et tout mon sang chrétien chanta la Chanson pure.

J'entends encor, je vois encor ! Loi du devoir
Si douce ! Enfin, je sais ce qu'est entendre et voir,
J'entends, je vois toujours ! Voix des bonnes pensées

Innocence, avenir ! Sage et silencieux,
Que je vais vous aimer, vous un instant pressées,
Belles petites mains qui fermerez nos yeux !

XIX

Voix de l'Orgueil : un cri puissant comme d'un cor,
Des étoiles de sang sur des cuirasses d'or.
On trébuche à travers des chaleurs d'incendie...
Mais en somme la voix s'en va, comme d'un cor.

Voix de la Haine : cloche en mer, fausse, assourdie
De neige lente. Il fait si froid ! Lourde, affadie,
La vie a peur et court follement sur le quai
Loin de la cloche qui devient plus assourdie.

Voix de la Chair : un gros tapage fatigué.
Des gens ont bu. L'endroit fait semblant d'être gai.
Des yeux, des noms, et l'air plein de parfums atroces
Où vient mourir le gros tapage fatigué.

Voix d'Autrui : des lointains dans des brouillards. Des
[noces
Vont et viennent. Des tas d'embarras. Des négoces,
Et tout le cirque des civilisations
Au son trotte-menu du violon des noces.

Colères, soupirs noirs, regrets, tentations,
Qu'il a fallu pourtant que nous entendissions
Pour l'assourdissement des silences honnêtes,
Colères, soupirs noirs, regrets, tentations

Ah ! les Voix, mourez donc, mourantes que vous êtes,
Sentences, mots en vain, métaphores mal faites,
Toute la rhétorique en fuite des péchés,
Ah ! les Voix, mourez donc, mourantes que vous êtes !

Nous ne sommes plus ceux que vous auriez cherchés.
Mourez à nous, mourez aux humbles vœux cachés
Que nourrit la douceur de la Parole forte,
Car notre cœur n'est plus de ceux que vous cherchez !

Mourez parmi la voix que la prière emporte
Au ciel, dont elle seule ouvre et ferme la porte
Et dont elle tiendra les sceaux au dernier jour,
Mourez parmi la voix que la prière apporte,

Mourez parmi la voix terrible de l'Amour !

XX

L'ennemi se déguise en l'Ennui
Et me dit : « A quoi bon, pauvre dupe ? »
Moi je passe et me moque de lui.
L'ennemi se déguise en la Chair
Et me dit : « Bah, bah, vive une jupe ! »
Moi j'écarte le conseil amer.

L'ennemi se transforme en un Ange
De lumière et dit : « Qu'est ton effort
A côté des tributs de louange
Et de Foi dus au Père céleste ?
Ton Amour va-t-il jusqu'à la mort ? »
Je réponds : « L'Espérance me reste. »

Comme c'est le vieux logicien,
Il a fait bientôt de me réduire
A ne plus *vouloir* répliquer rien.
Mais sachant *qui c'est*, épouvanté
De ne plus sentir les mondes luire,
Je prierai pour de l'humilité.

XXI

Va ton chemin sans plus t'inquiéter !
La route est droite et tu n'as qu'à monter,
Portant d'ailleurs le seul trésor qui vaille,
Et l'arme unique au cas d'une bataille,
La pauvreté d'esprit et Dieu pour toi.

Surtout il faut garder toute espérance.
Qu'importe un peu de nuit et de souffrance ?
La route est bonne et la mort est au bout.
Oui, garde toute espérance surtout.
La mort là-bas te dresse un lit de joie.

Et fais-toi doux de toute la douceur.
La vie est laide, encore c'est ta sœur.
Simple, gravis la côte et même chante,
Pour écarter la prudence méchante
Dont la voix basse est pour tenter ta foi.

Simple comme un enfant, gravis la côte,
Humble comme un pécheur qui hait la faute,
Chante, et même sois gai, pour défier
L'ennui que l'ennemi peut t'envoyer
Afin que tu t'endormes sur la voie.

Ris du vieux piège et du vieux séducteur,
Puisque la Paix est là, sur la hauteur,
Qui luit parmi des fanfares de gloire.
Monte, ravi, dans la nuit blanche et noire.
Déjà l'Ange Gardien étend sur toi

Joyeusement des ailes de victoire.

XXII

Pourquoi triste, ô mon âme,
Triste jusqu'à la mort,
Quand l'effort te réclame,
Quand le suprême effort
Est là qui te réclame ?

Ah, tes mains que tu tords
Au lieu d'être à la tâche,
Tes lèvres que tu mords
Et leur silence lâche,
Et tes yeux qui sont morts !

N'as-tu pas l'espérance
De la fidélité,
Et, pour plus d'assurance
Dans la sécurité,
N'as-tu pas la souffrance ?

Mais chasse le sommeil
Et ce rêve qui pleure.
Grand jour et plein soleil !
Vois, il est plus que l'heure :
Le ciel bruit vermeil,

Et la lumière crue
Découpant d'un trait noir
Toute chose apparue
Te montre le Devoir
Et sa forme bourrue.

Marche à lui vivement,
Tu verras disparaître
Tout aspect inclément
De sa manière d'être,
Avec l'éloignement.

C'est le dépositaire
Qui te garde un trésor
D'amour et de mystère,
Plus précieux que l'or,
Plus sûr que rien sur terre,

Les biens qu'on ne voit pas,
Toute joie inouïe,
Votre paix, saints combats,
L'extase épanouie
Et l'oubli d'ici-bas,

Et l'oubli d'ici-bas !

XXIII

Né l'enfant des grandes villes
Et des révoltes serviles,
J'ai là tout cherché, trouvé,
De tout appétit rêvé.
Mais, puisque rien n'en demeure,

J'ai dit un adieu léger
A tout ce qui peut changer,
Au plaisir, au bonheur même,
Et même à tout ce que j'aime
Hors de vous, mon doux Seigneur !

La Croix m'a pris sur ses ailes
Qui m'emporte aux meilleurs zèles,
Silence, expiation,
Et l'âpre vocation
Pour la vertu qui s'ignore.

Douce, chère Humilité,
Arrose ma charité,
Trempe-la de tes eaux vives.
O mon cœur, que tu ne vives
Qu'aux fins d'une bonne mort !

XXIV

L'âme antique était rude et vaine
Et ne voyait dans la douleur
Que l'acuité de la peine
Ou l'étonnement du malheur.

L'art, sa figure la plus claire,
Traduit ce double sentiment
Par deux grands types de la Mère
En proie au suprême tourment.

C'est la vieille reine de Troie :
Tous ses fils sont morts par le fer.
Alors ce deuil brutal aboie
Et glapit au bord de la mer.

Elle court le long du rivage,
Bavant vers le flot écumant,
Hirsute, criarde, sauvage,
La chienne littéralement !...

Et c'est Niobé qui s'effare
Et garde fixement des yeux
Sur les dalles de pierre rare
Ses enfants tués par les dieux.

Le souffle expire sur sa bouche,
Elle meurt dans un geste fou.
Ce n'est plus qu'un marbre farouche
Là transporté nul ne sait d'où !...

La douleur chrétienne est immense,
Elle, comme le cœur humain.
Elle souffre, puis elle pense,
Et calme poursuit son chemin.

Elle est debout sur le Calvaire
Pleine de larmes et sans cris.
C'est également une mère,
Mais quelle mère de quel fils !

Elle participe au Supplice
Qui sauve toute nation,
Attendrissant le sacrifice
Par sa vaste compassion.

Et comme tous sont les fils d'elle,
Sur le monde et sur sa langueur
Toute la charité ruisselle
Des sept blessures de son cœur.

Au jour qu'il faudra, pour la gloire
Des cieux enfin tout grands ouverts,
Ceux qui surent et purent croire,
Bons et doux, sauf au seul Pervers,

Ceux-là, vers la joie infinie
Sur la colline de Sion
Monteront d'une aile bénie
Aux plis de son assomption.

II

I

O mon Dieu, vous m'avez blessé d'amour
Et la blessure est encore vibrante,
O mon Dieu, vous m'avez blessé d'amour.

O mon Dieu, votre crainte m'a frappé
Et la brûlure est encor là qui tonne,
O mon Dieu, votre crainte m'a frappé.

O mon Dieu, j'ai connu que tout est vil
Et votre gloire en moi s'est installée,
O mon Dieu, j'ai connu que tout est vil.

Noyez mon âme aux flots de votre Vin,
Fondez ma vie au Pain de votre table,
Noyez mon âme aux flots de votre Vin.

Voici mon sang que je n'ai pas versé,
Voici ma chair indigne de souffrance,
Voici mon sang que je n'ai pas versé.

Voici mon front qui n'a pu que rougir,
Pour l'escabeau de vos pieds adorables,
Voici mon front qui n'a pu que rougir.

Voici mes mains qui n'ont pas travaillé,
Pour les charbons ardents et l'encens rare,
Voici mes mains qui n'ont pas travaillé.

Voici mon cœur qui n'a battu qu'en vain,
Pour palpiter aux ronces du Calvaire,
Voici mon cœur qui n'a battu qu'en vain.

Voici mes pieds, frivoles voyageurs,
Pour accourir au cri de votre grâce,
Voici mes pieds, frivoles voyageurs.

Voici ma voix, bruit maussade et menteur,
Pour les reproches de la Pénitence,
Voici ma voix, bruit maussade et menteur.

Voici mes yeux, luminaires d'erreur,
Pour être éteints aux pleurs de la prière,
Voici mes yeux, luminaires d'erreur.

Hélas, vous, Dieu d'offrande et de pardon,
Quel est le puits de mon ingratitude,
Hélas, Vous, Dieu d'offrande et de pardon,

Dieu de terreur et Dieu de sainteté,
Hélas ! ce soir abîme de mon crime,
Dieu de terreur et Dieu de sainteté,

Vous, Dieu de paix, de joie et de bonheur,
Toutes mes peurs, toutes mes ignorances,
Vous, Dieu de paix, de joie et de bonheur,

Vous connaissez tout cela, tout cela,
Et que je suis plus pauvre que personne,
Vous connaissez tout cela, tout cela,

Mais ce que j'ai, mon Dieu, je vous le donne.

II

Je ne veux plus aimer que ma mère Marie.
Tous les autres amours sont de commandement.
Nécessaires qu'ils sont, ma mère seulement
Pourra les allumer aux cœurs qui l'ont chérie.

C'est pour Elle qu'il faut chérir mes ennemis,
C'est par Elle que j'ai voué ce sacrifice,
Et la douceur de cœur et le zèle au service,
Comme je la priais, Elle les a permis.

Et comme j'étais faible et bien méchant encore,
Aux mains lâches, les yeux éblouis des chemins,
Elle baissa mes yeux et me joignit les mains,
Et m'enseigna les mots par lesquels on adore.

C'est par Elle que j'ai voulu de ces chagrins,
C'est pour Elle que j'ai mon cœur dans les Cinq Plaies,
Et tous ces bons efforts vers les croix et les claies,
Comme je l'invoquais, Elle en ceignit mes reins.

Je ne veux plus penser qu'à ma mère Marie,
Siège de la sagesse et source des pardons,
Mère de France aussi, de qui nous attendons
Inébranlablement l'honneur de la patrie.

Marie Immaculée, amour essentiel,
Logique de la foi cordiale et vivace,
En vous aimant qu'est-il bon que je ne fasse,
En vous aimant du seul amour, Porte du ciel ?

III

Vous êtes calme, vous voulez un vœu discret,
Des secrets à mi-voix dans l'ombre et le silence,
Le cœur qui se répand plutôt qu'il ne s'élance,
Et ces timides, moins transis qu'il ne paraît.

Vous accueillez d'un geste exquis telles pensées
Qui ne marchent qu'en ordre et font le moins de bruit.
Votre main, toujours prête à la chute du fruit,
Patiente avec l'arbre et s'abstient de poussées.

Et si l'immense amour de vos commandements
Embrasse et presse tous en sa sollicitude,
Vos conseils vont dicter aux meilleurs et l'étude
Et le travail des plus humbles recueillements.

Le pécheur, s'il prétend vous connaître et vous plaire,
O vous qui nous aimant si fort parliez si peu,
Doit et peut, à tout temps du jour comme en tout lieu,
Bien faire obscurément son devoir et se taire,

Se taire pour le monde, un pur sénat de fous,
Se taire sur autrui, des âmes précieuses,
Car nous taire vous plaît, même aux heures pieuses,
Même à la mort, sinon devant le prêtre et vous.

Donnez-leur le silence et l'amour du mystère,
O Dieu glorifieur du bien fait en secret,
A ces timides moins transis qu'il ne paraît,
Et l'horreur, et le pli des choses de la terre.

Donnez-leur, ô mon Dieu, la résignation,
Toute forte douceur, l'ordre et l'intelligence,
Afin qu'au jour suprême ils gagnent l'indulgence
De l'Agneau formidable en la neuve Sion,

Afin qu'ils puissent dire : « Au moins nous sûmes croire »
Et que l'Agneau terrible, ayant tout supputé,
Leur réponde : « Venez, vous avez mérité,
Pacifiques, ma paix, et douloureux, ma gloire. »

IV

1

Mon Dieu m'a dit : Mon fils, il faut m'aimer. Tu vois
Mon flanc percé, mon cœur qui rayonne et qui saigne,
Et mes pieds offensés que Madeleine baigne
De larmes, et mes bras douloureux sous le poids

De tes péchés, et mes mains ! Et tu vois la croix,
Tu vois les clous, le fiel, l'éponge, et tout t'enseigne
A n'aimer, en ce monde amer où la chair règne,
Que ma Chair et mon Sang, ma parole et ma voix.

Ne t'ai-je pas aimé jusqu'à la mort moi-même,
O mon frère en mon Père, ô mon fils en l'Esprit,
Et n'ai-je pas souffert, comme c'était écrit ?

N'ai-je pas sangloté ton angoisse suprême
Et n'ai-je pas sué la sueur de tes nuits,
Lamentable ami qui me cherches où je suis ?

2

J'ai répondu : « Seigneur, vous avez dit mon âme.
C'est vrai que je vous cherche et ne vous trouve pas.

Mais vous aimer ! Voyez comme je suis en bas,
Vous dont l'amour toujours monte comme la flamme.

Vous, la source de paix que toute soif réclame,
Hélas ! Voyez un peu tous mes tristes combats !
Oserai-je adorer la trace de vos pas,
Sur ces genoux saignants d'un rampement infâme ?

Et pourtant je vous cherche en longs tâtonnements,
Je voudrais que votre ombre au moins vêtît ma honte,
Mais vous n'avez pas d'ombre, ô vous dont l'amour monte,

O vous, fontaine calme, amère aux seuls amants
De leur damnation, ô vous toute lumière,
Sauf aux yeux dont un lourd baiser tient la paupière ! »

3

— Il faut m'aimer ! Je suis l'universel Baiser,
Je suis cette paupière et je suis cette lèvre
Dont tu parles, ô cher malade, et cette fièvre
Qui t'agite, c'est moi toujours ! Il faut oser

M'aimer ! Oui, mon amour monte sans biaiser
Jusqu'où ne grimpe pas ton pauvre amour de chèvre,
Et t'emportera, comme un aigle vole un lièvre,
Vers des serpolets qu'un ciel cher vient arroser !

O ma nuit claire ! ô tes yeux dans mon clair de lune !
O ce lit de lumière et d'eau parmi la brume !
Toute cette innocence et tout ce reposoir !

Aime-moi ! Ces deux mots sont mes verbes suprêmes,
Car étant ton Dieu tout-puissant, je peux vouloir,
Mais je ne veux d'abord que pouvoir que tu m'aimes.

4

— Seigneur, c'est trop ! Vraiment je n'ose. Aimer qui ?
                                        [Vous ?
Oh ! non ! Je tremble et n'ose. Oh ! vous aimer, je n'ose,
Je ne veux pas ! Je suis indigne. Vous, la Rose
Immense des purs vents de l'Amour, ô Vous, tous

Les cœurs des saints, ô Vous qui fûtes le Jaloux
D'Israël, Vous, la chaste abeille qui se pose
Sur la seule fleur d'une innocence mi-close
Quoi, *moi, moi*, pouvoir *Vous* aimer ? Etes-vous fous *,

Père, Fils, Esprit ? Moi, ce pécheur-ci, ce lâche,
Ce superbe, qui fait le mal comme sa tâche
Et n'a dans tous ses sens, odorat, toucher, goût,

Vue, ouïe, et dans tout son être — hélas ! dans tout
Son espoir et dans tout son remords, que l'extase
D'une caresse où le seul vieil Adam s'embrase ?

5

— Il faut m'aimer. Je suis ces Fous que tu nommais,
Je suis l'Adam nouveau qui mange le vieil homme,

* St Augustin.

Ta Rome, ton Paris, ta Sparte et ta Sodome,
Comme un pauvre rué parmi d'horribles mets.

Mon amour est le feu qui dévore à jamais
Toute chair insensée, et l'évapore comme
Un parfum, — et c'est le déluge qui consomme
En son flot tout mauvais germe que je semais,

Afin qu'un jour la Croix où je meurs fût dressée
Et que par un miracle effrayant de bonté
Je t'eusse un jour à moi, frémissant et dompté.

Aime. Sors de ta nuit. Aime. C'est ma pensée
De toute éternité, pauvre âme délaissée,
Que tu dusses m'aimer, moi seul qui suis resté !

6

— Seigneur, j'ai peur. Mon âme en moi tressaille toute.
Je vois, je sens qu'il faut vous aimer. Mais comment
Moi, ceci, me ferai-je, ô vous Dieu, votre amant,
O Justice que la vertu des bons redoute ?

Oui, comment ? Car voici que s'ébranle la voûte
Où mon cœur creusait son ensevelissement
Et que je sens fluer à moi le firmament,
Et je vous dis : de vous à moi quelle est la route ?

Tendez-moi votre main, que je puisse lever
Cette chair accroupie et cet esprit malade.
Mais recevoir jamais la céleste accolade,

Est-ce possible ? Un jour, pouvoir la retrouver
Dans votre sein, dans votre cœur qui fut le nôtre,
La place où reposa la tête de l'apôtre ?

7

— Certes, si tu le veux mériter, mon fils, oui,
Et voici. Laisse aller l'ignorance indécise
De ton cœur vers les bras ouverts de mon Eglise
Comme la guêpe vole au lis épanoui.

Approche-toi de mon oreille. Epanches-y
L'humiliation d'une brave franchise.
Dis-moi tout sans un mot d'orgueil ou de reprise,
Et m'offre le bouquet d'un repentir choisi.

Puis franchement et simplement viens à ma table
Et je t'y bénirai d'un repas délectable
Auquel l'ange n'aura lui-même qu'assisté,

Et tu boiras le vin de la vigne immuable
Dont la force, dont la douceur, dont la bonté
Feront germer ton sang à l'immortalité.

Puis, va ! Garde une foi modeste en ce mystère
D'amour par quoi je suis ta chair et ta raison,
Et surtout reviens très souvent dans ma maison,
Pour y participer au Vin qui désaltère,

Au Pain sans qui la vie est une trahison,
Pour y prier mon Père et supplier ma Mère
Qu'il te soit accordé, dans l'exil de la terre,
D'être l'agneau sans cris qui donne sa toison,

D'être l'enfant vêtu de lin et d'innocence,
D'oublier ton pauvre amour-propre et ton essence,
Enfin, de devenir un peu semblable à moi

Qui fus, durant les jours d'Hérode et de Pilate
Et de Judas et de Pierre, pareil à toi
Pour souffrir et mourir d'une mort scélérate !

Et pour récompenser ton zèle en ces devoirs
Si doux qu'ils sont encor d'ineffables délices,
Je te ferai goûter sur terre mes prémices,
La paix du cœur, l'amour d'être pauvre, et mes soirs

Mystiques, quand l'esprit s'ouvre aux calmes espoirs
Et croit boire, suivant ma promesse, au Calice
Eternel, et qu'au ciel pieux la lune glisse,
Et que sonnent les angélus roses et noirs,

En attendant l'assomption dans ma lumière,
L'éveil sans fin dans ma charité coutumière,
La musique de mes louanges à jamais,

Et l'extase perpétuelle et la science,
Et d'être en moi parmi l'aimable irradiance
De tes souffrances, enfin miennes, que j'aimais !

8

— Ah ! Seigneur, qu'ai-je ? Hélas ! me voici tout en
                                              [larmes
D'une joie extraordinaire : votre voix
Me fait comme du bien et du mal à la fois,
Et le mal et le bien, tout a les mêmes charmes.

Je ris, je pleure, et c'est comme un appel aux armes
D'un clairon pour des champs de bataille où je vois
Des anges bleus et blancs portés sur des pavois,
Et ce clairon m'enlève en de fières alarmes.

J'ai l'extase et j'ai la terreur d'être choisi.
Je suis indigne, mais je sais votre clémence.
Ah ! quel effort, mais quelle ardeur ! Et me voici

Plein d'une humble prière, encor qu'un trouble immense
Brouille l'espoir que votre voix me révéla,
Et j'aspire en tremblant.

9

— Pauvre âme, c'est cela !

III

I

Désormais le Sage, puni
Pour avoir trop aimé les choses,
Rendu prudent à l'infini,
Mais franc de scrupules moroses,

Et d'ailleurs retournant au Dieu
Qui fit les yeux et la lumière,
L'honneur, la gloire, et tout le peu
Qu'a son âme de candeur fière,

Le Sage peut, dorénavant,
Assister aux scènes du monde,
Et suivre la chanson du vent,
Et contempler la mer profonde.

Il ira, calme, et passera
Dans la férocité des villes,
Comme un mondain à l'Opéra
Qui sort blasé des danses viles.

Même, — et pour tenir abaissé
L'orgueil, qui fit son âme veuve,

Il remontera le passé,
Ce passé, comme un mauvais fleuve !

Il reverra l'herbe des bords,
Il entendra le flot qui pleure
Sur le bonheur mort et les torts
De cette date et de cette heure !...

Il aimera les cieux, les champs,
La bonté, l'ordre et l'harmonie,
Et ce sera doux, même aux méchants,
Afin que leur mort soit bénie.

Délicat et non exclusif,
Il sera du jour où nous sommes :
Son cœur, plutôt contemplatif,
Pourtant saura l'œuvre des hommes :

Mais revenu des passions,
Un peu méfiant des « usages »,
A vos civilisations
Préférera les paysages.

II

Du fond du grabat
As-tu vu l'étoile
Que l'hiver dévoile ?
Comme ton cœur bat,
Comme cette idée,
Regret ou désir,
Ravage à plaisir
Ta tête obsédée,
Pauvre tête en feu,
Pauvre cœur sans dieu !

L'ortie et l'herbette
Au bas du rempart
D'où l'appel frais part
D'une aigre trompette,
Le vent du coteau,
La Meuse, la goutte
Qu'on boit sur la route
A chaque écriteau,
Les sèves qu'on hume,
Les pipes qu'on fume !

Un rêve de froid :
« Que c'est beau la neige

Et tout son cortège
Dans leur cadre étroit !
Oh ! tes blancs arcanes,
Nouvelle Archangel,
Mirage éternel
De mes caravanes !
Oh ! ton chaste ciel,
Nouvelle Archangel ! »

Cette ville sombre !
Tout est crainte ici...
Le ciel est transi
D'éclairer tant d'ombre.
Les pas que tu fais
Parmi ces bruyères
Lèvent des poussières
Au souffle mauvais...
Voyageur si triste,
Tu suis quelle piste ?

C'est l'ivresse à mort,
C'est la noire orgie,
C'est l'amer effort
De ton énergie
Vers l'oubli dolent
De la voix intime,
C'est le seuil du crime,
C'est l'essor sanglant.
— Oh ! fuis la chimère !
Ta mère, ta mère !

Quelle est cette voix

Qui ment et qui flatte ?
« Ah ! ta tête plate,
Vipère des bois ! »
Pardon et mystère.
Laisse ça dormir.
Qui peut, sans frémir,
Juger sur la terre ?
« Ah, pourtant, pourtant,
Ce monstre impudent ! »

La mer ! Puisse-t-elle
Laver ta rancœur,
La mer au grand cœur,
Ton aïeule, celle
Qui chante en berçant
Ton angoisse atroce,
La mer, doux colosse
Au sein innocent,
Grondeuse infinie
De ton ironie !

Tu vis sans savoir !
Tu verses ton âme,
Ton lait et ta flamme
Dans quel désespoir ?
Ton sang qui s'amasse
En une fleur d'or
N'est pas prêt encor
A la dédicace.
Attends quelque peu,
Ceci n'est que jeu.

Cette frénésie
T'initie au but.
D'ailleurs, le salut
Viendra d'un Messie
Dont tu ne sens plus
Depuis bien des lieues
Les effluves bleues
Sous tes bras perclus,
Naufragé d'un rêve
Qui n'a pas de grève !

Vis en attendant
L'heure toute proche...
Ne sois pas prudent.
Trêve à tout reproche.
Fais ce que tu veux.
Une main te guide
A travers le vide
Affreux de tes vœux.
Un peu de courage,
C'est le bon orage.

Voici le Malheur
Dans sa plénitude.
Mais à sa main rude
Quelle belle fleur !
« La brûlante épine ! »
Un lis est moins blanc,
« Elle m'entre au flanc »
Et l'odeur divine !
« Elle m'entre au cœur. »
Le parfum vainqueur !

« Pourtant je regrette,
Pourtant je me meurs,
Pourtant ces deux cœurs... »
Lève un peu la tête :
« Eh bien, c'est la Croix. »
Lève un peu ton âme
De ce monde infâme.
« Est-ce que je crois ? »
Qu'en sais-tu ? La Bête
Ignore sa tête,

La Chair et le Sang
Méconnaissent l'Acte.
« Mais j'ai fait un pacte
Qui va m'enlaçant
A la faute noire,
Je me dois à mon
Tenace démon :
Je ne veux point croire.
Je n'ai pas besoin
De rêver si loin !

« Aussi bien j'écoute
Des sons d'autrefois.
Vipère des bois,
Encor sur ma route ?
Cette fois tu mords. »
Laisse cette bête.
Que fait au poète ?
Que sont des cœurs morts ?
Ah ! plutôt oublie
Ta propre folie.

Ah ! plutôt, surtout,
Douceur, patience,
Mi-voix et nuance,
Et paix jusqu'au bout !
Aussi bon que sage,
Simple autant que bon,
Soumets ta raison
Au plus pauvre adage,
Naïf et discret,
Heureux en secret !

Ah ! surtout, terrasse
Ton orgueil cruel,
Implore la grâce
D'être un pur Abel,
Finis l'odyssée
Dans le repentir
D'un humble martyr
D'une humble pensée.
Regarde au-dessus...
Est-ce vous, Jésus ? »

III

L'espoir luit comme un brin de paille dans l'étable.
Que crains-tu de la guêpe ivre de son vol fou ?
Vois, le soleil toujours poudroie à quelque trou.
Que ne t'endormais-tu, le coude sur la table ?

Pauvre âme pâle, au moins cette eau du puits glacé,
Bois-la. Puis dors après. Allons, tu vois, je reste,
Et je dorloterai les rêves de ta sieste,
Et tu chantonneras comme un enfant bercé.

Midi sonne. De grâce, éloignez-vous, madame.
Il dort. C'est étonnant comme les pas de femme
Résonnent au cerveau des pauvres malheureux.

Midi sonne. J'ai fait arroser dans la chambre.
Va, dors ! L'espoir luit comme un caillou dans un creux.
Ah ! quand refleuriront les roses de septembre !

IV

Gaspard Hauser chante :

Je suis venu, calme orphelin,
Riche de mes seuls yeux tranquilles,
Vers les hommes des grandes villes :
Ils ne m'ont pas trouvé malin.

A vingt ans un trouble nouveau
Sous le nom d'amoureuses flammes
M'a fait trouver belles les femmes :
Elles ne m'ont pas trouvé beau.

Bien que sans patrie et sans roi
Et très brave ne l'étant guère,
J'ai voulu mourir à la guerre :
La mort n'a pas voulu de moi.

Suis-je né trop tôt ou trop tard ?
Qu'est-ce que je fais en ce monde ?
O vous tous, ma peine est profonde :
Priez pour le pauvre Gaspard !

V

Un grand sommeil noir
Tombe sur ma vie :
Dormez, tout espoir,
Dormez, toute envie !

Je ne vois plus rien,
Je perds la mémoire
Du mal et du bien...
O la triste histoire !

Je suis un berceau
Qu'une main balance
Au creux d'un caveau :
Silence, silence !

VI

Le ciel est, par-dessus le toit,
        Si bleu, si calme !
Un arbre, par-dessus le toit,
        Berce sa palme.

La cloche, dans le ciel qu'on voit,
        Doucement tinte.
Un oiseau sur l'arbre qu'on voit
        Chante sa plainte.

Mon Dieu, mon Dieu, la vie est là
        Simple et tranquille.
Cette paisible rumeur-là
        Vient de la ville.

Qu'as-tu fait, ô toi que voilà
        Pleurant sans cesse,
Dis, qu'as-tu fait, toi que voilà,
        De ta jeunesse ?

VII

Je ne sais pourquoi
Mon esprit amer
D'une aile inquiète et folle vole sur la mer.
Tout ce qui m'est cher,
D'une aile d'effroi
Mon amour le couve au ras des flots. Pourquoi ? Pour-
[quoi ?

Mouette à l'essor mélancolique,
Elle suit la vague, ma pensée,
A tous les vents du ciel balancée
Et biaisant quand la marée oblique,
Mouette à l'essor mélancolique.

Ivre de soleil
Et de liberté,
Un instinct la guide à travers cette immensité.
La brise d'été
Sur le flot vermeil
Doucement la porte en un tiède demi-sommeil.

Parfois si tristement elle crie
Qu'elle alarme au lointain le pilote,
Puis au gré du vent se livre et flotte

Et plonge, et l'aile toute meurtrie
Revole, et puis si tristement crie !

Je ne sais pourquoi
Mon esprit amer
D'une aile inquiète et folle vole sur la mer.
Tout ce qui m'est cher,
D'une aile d'effroi,
Mon amour le couve au ras des flots. Pourquoi ? Pour-
[quoi ?

VIII

Parfums, couleurs, systèmes, lois !
Les mots ont peur comme des poules.
La chair sanglote sur la croix.

Pied, c'est du rêve que tu foules,
Et partout ricane la voix,
La voix tentatrice des foules.

Cieux bruns où nagent nos desseins,
Fleurs qui n'êtes pas le calice,
Vin et ton geste qui se glisse,
Femme et l'œillade de tes seins,

Nuit câline aux frais traversins,
Qu'est-ce que c'est que ce délice,
Qu'est-ce que c'est que ce supplice,
Nous les damnés et vous les Saints ?

IX

Le son du cor s'afflige vers les bois
D'une douleur on veut croire orpheline
Qui vient mourir au bas de la colline
Parmi la bise errant en courts abois.

L'âme du loup pleure dans cette voix
Qui monte avec le soleil qui décline
D'une agonie on veut croire câline
Et qui ravit et qui navre à la fois.

Pour faire mieux cette plaine assoupie
La neige tombe à longs traits de charpie
A travers le couchant sanguinolent,

Et l'air a l'air d'être un soupir d'automne,
Tant il fait doux par ce soir monotone
Où se dorlote un paysage lent.

X

La tristesse, la langueur du corps humain
M'attendrissent, me fléchissent, m'apitoient.
Ah ! surtout quand des sommeils noirs le foudroient,
Quand des draps zèbrent la peau, foulent la main !

Et que mièvre dans la fièvre du demain,
Tiède encor du bain de sueur qui décroît,
Comme un oiseau qui grelotte sur un toit !
Et les pieds, toujours douloureux du chemin,

Et le sein marqué d'un double coup de poing,
Et la bouche, une blessure rouge encor,
Et la chair frémissante, frêle décor,

Et les yeux, les pauvres yeux si beaux où point
La douleur de voir encore du fini !...
Triste corps ! Combien faible et combien puni !

XI

La bise se rue à travers
Les buissons tout noirs et tout verts,
Glaçant la neige éparpillée
Dans la campagne ensoleillée.
L'odeur est aigre près des bois,
L'horizon chante avec des voix,
Les coqs des clochers des villages
Luisent crûment sur les nuages.
C'est délicieux de marcher
A travers ce brouillard léger
Qu'un vent taquin parfois retrousse.
Ah ! fi de mon vieux feu qui tousse !
J'ai des fourmis plein les talons.
Debout, mon âme, vite, allons !
C'est le printemps sévère encore,
Mais qui par instants s'édulcore
D'un souffle tiède juste assez
Pour mieux sentir les froids passés
Et penser au Dieu de clémence...
Va, mon âme, à l'espoir immense !

XII

Vous voilà, vous voilà, pauvres bonnes pensées !
L'espoir qu'il faut, regret des grâces dépensées,
Douceur de cœur avec sévérité d'esprit,
Et cette vigilance, et le calme prescrit,
Et toutes ! — Mais encor lentes, bien éveillées,
Bien d'aplomb, mais encore timides, débrouillées
A peine du lourd rêve et de la tiède nuit.
C'est à qui de vous va plus gauche, l'une suit
L'autre, et toutes ont peur du vaste clair de lune.
« Telles, quand des brebis sortent d'un clos. C'est une,
Puis deux, puis trois. Le reste est là, les yeux baissés,
La tête à terre, et l'air des plus embarrassés,
Faisant ce que fait leur chef de file : il s'arrête,
Elles s'arrêtent tour à tour, posant leur tête
Sur son dos, simplement et sans savoir pourquoi.* »
Votre pasteur, ô mes brebis, ce n'est pas moi,
C'est un meilleur, un bien meilleur, qui sait les causes
Lui qui vous tint longtemps et si longtemps là closes
Mais qui vous délivra de sa main au temps vrai.
Suivez-le. Sa houlette est bonne.
                                        Et je serai,
Sous sa voix toujours douce à votre ennui qui bêle,
Je serai, moi, par vos chemins, son chien fidèle.

* **Dante,** *le Purgatoire.*

XIII

L'échelonnement des haies
Moutonne à l'infini, mer
Claire dans le brouillard clair
Qui sent bon les jeunes baies.

Des arbres et des moulins
Sont légers sur le vert tendre
Où vient s'ébattre et s'étendre
L'agilité des poulains.

Dans ce vague d'un Dimanche
Voici se jouer aussi
De grandes brebis aussi
Douces que leur laine blanche.

Tout à l'heure déferlait
L'onde, roulée en volutes,
De cloches comme des flûtes
Dans le ciel comme du lait.

XIV

L'immensité de l'humanité,
Le Temps passé vivace et bon père,
Une entreprise à jamais prospère :
Quelle puissante et calme cité !

Il semble ici qu'on vit dans l'histoire.
Tout est plus fort que l'homme d'un jour.
De lourds rideaux d'atmosphère noire
Font richement la nuit alentour.

O civilisés que civilise
L'Ordre obéi, le Respect sacré !
O dans ce champ si bien préparé
Cette moisson de la Seule Eglise !

XV

La mer est plus belle
Que les cathédrales,
Nourrice fidèle,
Berceuse de râles,
La mer sur qui prie
La Vierge Marie !

Elle a tous les dons
Terribles et doux.
J'entends ses pardons
Gronder ses courroux.
Cette immensité
N'a rien d'entêté.

Oh ! si patiente,
Même quand méchante !
Un souffle ami hante
La vague, et nous chante :
« Vous sans espérance,
Mourez sans souffrance ! »

Et puis sous les cieux
Qui s'y rient plus clairs,

Elle a des airs bleus,
Roses, gris et verts...
Plus belle que tous,
Meilleure que nous !

XVI

La « grande ville ». Un tas criard de pierres blanches
Où rage le soleil comme en pays conquis.
Tous les vices ont leur tanière, les exquis
Et les hideux, dans ce désert de pierres blanches.

Des odeurs ! Des bruits vains ! Où que vague le cœur,
Toujours ce poudroiement vertigineux de sable,
Toujours ce remuement de la chose coupable
Dans cette solitude où s'écœure le cœur !

De près, de loin, le Sage aura sa thébaïde
Parmi le fade ennui qui monte de ceci,
D'autant plus âpre et plus sanctifiante aussi
Que deux parts de son âme y pleurent, dans ce vide !

XVII

Tournez, tournez, bons chevaux de bois,
Tournez cent tours, tournez mille tours,
Tournez souvent et tournez toujours,
Tournez, tournez au son des hautbois.

L'enfant tout rouge et la mère blanche,
Le gars en noir et la fille en rose,
L'une à la chose et l'autre à la pose,
Chacun se paie un sou de dimanche.

Tournez, tournez, chevaux de leur cœur,
Tandis qu'autour de tous vos tournois
Clignote l'œil du filou sournois,
Tournez au son du piston vainqueur !

C'est étonnant comme ça vous soûle
D'aller ainsi dans ce cirque bête :
Bien dans le ventre et mal dans la tête,
Du mal en masse et du bien en foule.

Tournez au son de l'accordéon,
Du violon, du trombone fous,
Chevaux plus doux que des moutons, doux
Comme un peuple en révolution.

Le vent, fouettant la tente, les verres,
Les zincs et le drapeau tricolore,
Et les jupons, et que sais-je encore ?
Fait un fracas de cinq cents tonnerres.

Tournez, dadas, sans qu'il soit besoin
D'user jamais de nuls éperons
Pour commander à vos galops ronds :
Tournez, tournez, sans espoir de foin.

Et dépêchez, chevaux de leur âme :
Déjà voici que sonne à la soupe
La nuit qui tombe et chasse la troupe
De gais buveurs que leur soif affame.

Tournez, tournez ! Le ciel est en velours
D'astres en or se vêt lentement.
L'église tinte un glas tristement.
Tournez au son joyeux des tambours !

XVIII

Toutes les amours de la terre
Laissent au cœur du délétère
Et de l'affreusement amer,
Fraternelles et conjugales,
Paternelles et filiales,
Civiques et nationales,
Les charnelles, les idéales,
Toutes ont la guêpe et le ver.

La mort prend ton père et ta mère,
Ton frère trahira son frère,
Ta femme flaire un autre époux,
Ton enfant, on te l'aliène,
Ton peuple, il se pille ou s'enchaîne
Et l'étranger y pond sa haine,
Ta chair s'irrite et tourne obscène,
Ton âme flue en rêves fous.

Mais, dit Jésus, aime, n'importe !
Puis de toute illusion morte
Fais un cortège, forme un chœur,
Va devant, tel aux champs le pâtre,
Tel le coryphée au théâtre,
Tel le vrai prêtre ou l'idolâtre,

Tels les grands-parents près de l'âtre,
Oui, que devant aille ton cœur !

Et que toutes ces voix dolentes
S'élèvent rapides ou lentes,
Aigres ou douces, composant
A la gloire de Ma souffrance,
Instrument de ta délivrance,
Condiment de ton espérance
Et mets de ta propre navrance,
L'hymne qui te sied à présent !

XIX

[Sainte Thérèse veut que la Pauvreté soit
La reine d'ici-bas, et littéralement !
Elle dit peu de mots de ce gouvernement,
Et ne s'arrête point aux détails de surcroît;

Mais le Point, à son sens, celui qu'il faut qu'on voie
Et croie, est ceci dont elle la complimente :
Le libre arbitre pèse, arguë et parlemente,
Puis le pauvre-de-cœur décide et suit sa voie.

Qui l'en empêchera ? De vœux il n'en a plus
Que celui d'être un jour au nombre des élus,
Tout-puissant serviteur, tout-puissant souverain,

Prodigue et dédaigneux, sur tous, des choses eues,
Mais accumulateur des seules choses sues :
De quel si fier sujet, et libre, quelle reine !]

XX

Parisien, mon frère à jamais étonné,
Montons sur la colline où le soleil est né
Si glorieux qu'il fait comprendre l'idolâtre,
Sous cette perspective inconnue au théâtre,
D'arbres au vent et de poussière d'ombre et d'or.
Montons. Il fait si frais encor, montons encor.
Là ! nous voilà placés comme dans une « loge
De face »; et le décor vraiment tire un éloge,
La cathédrale énorme et le beffroi sans fin,
Ces toits de tuile sous ces verdures, le vain
Appareil des remparts pompeux et grands quand même,
Ces clochers, cette tour, ces autres, sur l'or blême
Des nuages à l'ouest réverbérant l'or dur
De derrière *chez nous*, tous ces lourds joyaux sur
Ces ouates, n'est-ce pas, l'écrin vaut le voyage,
Et c'est ce qu'on peut dire un brin de paysage ?
— Mais descendons, si ce n'est pas trop abuser
De vos pieds las, à fin seule de reposer
Vos yeux qui n'ont jamais rien vu que de Montmartre,
— « Campagne » vert de plaie et ville blanc de dartre.
(Et les sombres parfums qui grimpent de Pantin !)
— Donc, par ce lent sentier de rosée et de thym,
Cheminons par la ville au long de la rivière,
Sous les frais peupliers, dans la fine lumière.

L'une des portes ouvre une rue, entrons-y.
Aussi bien, c'est le point qu'il faut, l'endroit choisi :
Si blanches, les maisons anciennes, si bien faites,
Point hautes, çà et là des branches sur leurs faîtes,
Si doux et sinueux le cours de ces maisons,
Comme un ruisseau parmi de vagues frondaisons,
Profilant la lumière et l'ombre en broderies
Au lieu du long ennui de vos haussmanneries,
Et si gentil l'accent qui confine au patois
De ces passants naïfs avec leurs yeux matois !...
Des places ivres d'air et de cris d'hirondelles,
Où l'histoire proteste en formules fidèles
A la crête des toits comme au fer des balcons :
Des portes ne tournant qu'à regret sur leurs gonds,
Jalouses de garder l'honneur et la famille...
Ici tout vit et meurt calme, rien ne fourmille.
Le « Théâtre » *fait four*, et ce dieu des brouillons,
Le « Journal » n'en est plus à compter ses *bouillons*.
L'amour même prétend conserver ses noblesses
Et le vice *se gobe* en de rares drôlesses.
Enfin rien de Paris, mon frère, « dans nos murs »,
Que les modes... d'hier, et que les fruits bien mûrs
De ce fameux Progrès que vous mangez en herbe.
Du reste on vit à l'aise. Une chère superbe,
La raison raisonnable et l'esprit des aïeux,
Beaucoup de sain travail, quelques loisirs joyeux,
Et ce besoin d'avoir peur de la grande route !...
Avouez, la province est bonne, somme toute,
Et vous regrettez moins que tantôt la « splendeur »
Du vieux monstre, et son pouls fébrile, et cette odeur !

XXI

C'est la fête du blé, c'est la fête du pain
Aux chers lieux d'autrefois revus après ces choses !
Tout bruit, la nature et l'homme, dans un bain
De lumière si blanc que les ombres sont roses.

L'or des pailles s'effondre au vol siffleur des faux
Dont l'éclair plonge, et va luire, et se réverbère.
La plaine, tout au loin couverte de travaux,
Change de face à chaque instant, gaie et sévère.

Tout halète, tout n'est qu'effort et mouvement
Sous le soleil, tranquille auteur des moissons mûres,
Et qui travaille encore imperturbablement
A gonfler, à sucrer là-bas les grappes sures.

Travaille, vieux soleil, pour le pain et le vin,
Nourris l'homme du lait de la terre, et lui donne
L'honnête verre où rit un peu d'oubli divin.
Moissonneurs, vendangeurs là-bas ! votre heure est bonne !

Car sur la fleur des pains et sur la fleur des vins,
Fruit de la force humaine en tous lieux répartie,
Dieu moissonne, et vendange, et dispose à ses fins
La Chair et le Sang pour le calice et l'hostie !

NOTES ET COMMENTAIRES

par

Claude Cuénot

LA BONNE CHANSON

I

ÉTUDE LITTÉRAIRE

L'achevé d'imprimer de *La Bonne Chanson* est du 12 juin 1870, mais l'ouvrage, vu la glorieuse guerre de 70, ne fut mis en vente qu'en 1872 (réédition en 1891 par Vanier).

Le recueil n'est intelligible que si l'on se remémore la biographie du poète. En fin juin 1869, Verlaine rencontre Mathilde Mauté (qui se disait : de Fleurville) à Montmartre, rue Nicolet, dans la chambre du frère utérin de la jeune fille, Charles de Sivry, grand ami du poète, un musicien noctambule et sans doute un pochard homosexuel. On retrouvera le souvenir de cette entrevue dans le poème III *En robe grise et verte*. Le 4 juillet, Verlaine se distingue par une première tentative de meurtre contre sa mère, le 10 juillet, par une deuxième tentative — la passion homosexuelle pour Lucien Viotti flamboyant de plus belle. Au lendemain d'une soirée passée dans les cabarets et maisons closes d'Arras, Verlaine écrit à Charles de Sivry (dit « Sivrot ») pour lui demander la main de sa demi-sœur, alors âgée de seize ans (vers les 18-20 juillet 1869). Sivrot, bien sûr, envoie une réponse encourageante et passe une semaine à Fampoux (vers les 25 juillet-2 août). Puis M. et Mme Mauté, Charles de Sivry, Mathilde et sa sœur passent les mois d'août et de septembre au château de Bouëlle, près de Neufchâtel-en-Bray (Seine-Maritime). Verlaine, lui, reste à Fampoux jusqu'aux 7-8 août, pour se rendre ensuite à Lécluse auprès de son cousin Auguste Dujardin et regagner Paris vers le 23 août. Pendant ce temps, via Sivrot, s'est déroulée une correspondance autorisée par Mme Mauté, sans doute à l'insu de son mari. Mathilde rentre au début d'octobre et Verlaine est autorisé à faire sa cour à cette jeune fille « bourgeoise et ingénue, conventionnellement coquette et sage, avec des prétentions à l'aristocratie et au bel esprit [1]. » Le contrat de mariage sera signé les 23-24 juin 1870, le mariage, retardé par la petite vérole de la fiancée, n'aura lieu que le 11 août 1870.

Il est possible que Verlaine ait éliminé de ce voluminet quelques pièces — aujourd'hui perdues. Quant aux vieilles *Bonnes Chansons* qui ne figurent que dans les *Confessions*, et sont plus que vives, il est fort probable qu'elles soient de fabrication tardive. Je doute fort en effet que, Mathilde étant mineure et appartenant à une

1. Jacques Borel *apud* : Verlaine *Œuvres poétiques complètes*, Bibliothèque de la Pléiade, 1962, p. 135.

famille ultra conventionnelle et bourgeoise, bien que de gauche, le poète ait commis la folie de lui envoyer des œuvres de cet acabit.

Ce recueil peut être en partie considéré comme le journal d'un fiancé et les poèmes suivent à peu près l'ordre chronologique :

      I : peu après le 25 juillet 1869.
     II : première semaine d'août.
    III : id.
    IV : vers le 10 août 1869.
     V : vers la mi-août.
    VI : id.
   VII : vers le 23 août.
  VIII : fin août.
    IX : vers le début septembre.
     X : vers le 15 septembre.
    XI : fin septembre.
   XII : postérieur d'un jour à XI (vers les 28-30 septembre).
   XIII : début octobre 1869.
XV-XVIII : hiver 1869-1870 (à partir d'octobre 1869).
   XIV : avril 1870 ?
   XIX : mai 1870.
XX-XXI : mai 1870, peu après XIX [1].

Bien entendu, le caractère biographique demeure assez sensible :

      I : Promenade le long de la Scarpe, la veille d'envoyer une lettre de demande à Sivry.
   III : Rencontre avec Mathilde en juin 1869.

1. Chronologie d'après : Verlaine *Œuvres poétiques*, éd. J. Robichez, Paris, Garnier, 1969.

Il est difficile de porter un jugement esthétique sur *La Bonne Chanson*, car les avis des critiques sont partagés et l'on peut se livrer au petit jeu du pour et du contre. Comme étant hors de cause nous pouvons laisser de côté les pièces V *Avant que tu ne t'en ailles* où le poète échappe à la buée du rêve, et surtout VI *La lune blanche*. Le premier est un lied joyeux construit un peu comme un contrepoint. Il n'a rien d'un « paysage triste », mais pourquoi le poète heureux n'éprouverait-il pas une joie cosmique ? Quant au second, ce nocturne, où la rêverie subit une brève inflexion de tristesse pour devenir elle aussi cosmique, est aussi un des poèmes sacrés de Verlaine où l'on retrouve l'esthétique des *Paysages tristes* (*Poèmes saturniens*) et qui annonce les *Ariettes oubliées* (*Romances sans paroles*). C'est sur le reste que les opinions divergent. On peut, sans crime de lèse-littérature, éprouver un faible

pour *La Bonne Chanson* : après tout, Fauré a bien mis
une partie de ce recueil en musique. On peut dire — et
c'est vrai — que ce recueil, dans le lyrisme français, manifeste une évidente originalité : toute la poésie des fiançailles. Il faut n'avoir pas aimé dans sa vie pour mécon-
naître cette atmosphère des fiançailles, où l'on tend à
idéaliser l'être aimé, où le désir devient pour ainsi dire
immatériel, où l'on vit en plein irréel — jusqu'à ce
que le réel vienne tirer la sonnette. Pourquoi Mathilde,
cette oiselle, n'aurait-elle pas eu de charme ? Que ce fût en
soi une créature insignifiante, elle l'a démontré, mais elle
n'a pas manqué de courage et de patience au cours du
drame — ni de fermeté dans sa décision, une fois compris
sur quel dévoyé elle était tombée. Par ailleurs, il ne faut
pas oublier que le poète écrivait pour une jeune fille de
seize ans, à qui les *Paysages tristes* ne disaient pas grand-
chose. On ne voit guère une toute jeune fille vibrant à la
lecture du *Crépuscule du soir mystique* ou du *Rossignol*.
Verlaine, à part le très heureux péché de *La lune blanche*,
a donc adapté son art aux circonstances. On ne peut pas
lui en tenir trop rigueur. Il a choisi le seul ton possible,
une sorte de préciosité qui est au réel ce que sont les
paysages de Turner à des toiles de Courbet, ce qui n'empêche pas la pièce XIX *Donc, ce sera* d'être (déjà) déli-
catement conjugale.

L'analyse du style nous révèle en effet, dans le vocabu-
laire, une discrète stylisation archaïsante : « revoler
devers moi » (IV), « une amour » (IV), « devers le poète » (V),
« ma mie » (V), « dolente angoisse » (X), « adamantine » (XVII), sans parler de traces de l'écriture artiste
« la candeur des enfances » (II), « les lenteurs de la
route » (IV), « dans le lointain des bois » (VIII), « des

candeurs de cygne » (VIII), ni d'un jeu de correspon-
dances baudelairiennes sur le nom de Mathilde dans
Une Sainte en son auréole (VIII).

Cela dit, *La Bonne Chanson*, comparée aux *Fêtes
galantes*, manifeste une singulière baisse de tonus poétique. Nous nous refusons au travail trop facile de la
prophétie rétrospective. Mais le fond n'est pas tellement
rassurant :

[...]　　　　　　　　　　　　　　　　　　*arrière*
L'oubli qu'on cherche en des breuvages exécrés (IV)
Monsieur était donc poivrot [1] ?

Voici venir, pareil aux flèches, le soupçon
Décoché par le Doute impur et lamentable. (X)
Monsieur, après Lucien Viotti, s'offre le luxe de « sombres
chimères » (XI)?

Impatient des mois, furieux des semaines ! (XIV)
Monsieur gratte du sabot?

Ce qui me paraît plus déplaisant encore, c'est le ton
prédicant :

> *En face de ce que l'on ose*
> *Il nous siérait, sur toute chose,*
> *De nous dresser, couple ravi*
> *Dans l'extase austère du juste* [...]

Verlaine converti au bien (en se ruant, après une soûlo-
graphie, sur la première pucelle venue) annonce le Loyola
qui fera tant ricaner Rimbaud.

---

1. En fait ces fiançailles ne furent qu'un moyen d'évasion contre ces
autres moyens d'évasion qu'étaient l'alcool et la débauche (homo- et
hétérosexuelle).

La forme témoigne elle aussi, malgré un effort de modernisme, d'une baisse fort sensible. On sent Coppée (XIV, XVI), on subodore la poésie, ou plutôt le « sermo pedestris » des *Pensées de Joseph Delorme*. Bien sûr, tout cela fait de l'intimisme, dont le fils non point putatif, mais naturel, a pour nom prosaïsme. Désormais, en outre, le poète ne suggère plus, mais il *dit*, ce qui est la négation même de l'incantation poétique. Il est même retombé dans l'éloquence : « Puisque (...) puisque (...) Puisque (...), Puisque (...) C'en est fait (...) C'en est fait (...), ah! c'en est fait (...) Arrière (...) Arrière (...) arrière (...) Car je veux (...) Je veux (...) Oui, je veux (...) » (IV). Ouf! On se croirait les pieds pris dans du Victor Hugo. On dirait un Coppée coiffé d'un casque de pompier quarante-huitard et débitant les compliments les plus outrés, un bouquet de lis au poing. Cette pauvre Mathilde a dû ronronner — pas longtemps.

N'insistons pas sur ces propos d'un entrepreneur de démolitions et ne jetons pas la pierre à Mathilde. Même une gaillarde munie d'une paire de pincettes rougies au feu n'aurait pu dresser ce dévoyé. Mais on voit combien la tentation du prosaïsme est chez Verlaine aussi puissante que celle de l'alcool — ce qui n'est pas peu dire —, et l'on constate une fois de plus qu'on ne fait pas de bonne littérature avec de bons sentiments. Les fleurs les plus belles ont besoin de fumier.

II

RÉACTIONS DE LA CRITIQUE ET DU PUBLIC

On connaît la célèbre formule de Hugo sur *La Bonne Chanson* : « Une fleur dans un obus. »

Imprimer un livre à 590 exemplaires peu de jours avant que la France aille se ruer dans la gueule du loup, ou si l'on préfère dans les griffes de Bismarck — achevé d'imprimer à compte d'auteur le 12 juin 1870, pour les éditions Alphonse Lemerre —, vendre ledit livre en 1872, dans un Paris encore fumant, et en plein drame de famille — après avoir été communard, après avoir perdu sa place à l'Hôtel de Ville, ce n'étaient pas des auspices particulièrement favorables pour une bonne vente.

Le plus étonnant, c'est qu'on parvienne à dénicher quelques documents — *rari nantes in gurgite vasto.* — A vrai dire, nous n'avons trouvé qu'un seul compte rendu imprimé. Il est possible qu'il y en ait eu plusieurs, puisque Rimbaud [1] écrit à son maître Georges Izambard : « Achetez, je vous le conseille, *La Bonne Chanson*, un petit volume de vers du même poète : ça vient de paraître chez Lemerre, je ne l'ai pas lu : rien n'arrive ici; mais plusieurs journaux en disent beaucoup de bien. »

Le plat de résistance — j'allais dire le plat unique — est de Banville [2], grand ami du poète : « [...] En voici un, Paul Verlaine, qui est au suprême degré un homme de son pays, de son temps et de sa génération; de cette

1. Lettre du 25 août 1870, in : *Œuvres complètes*, Bibliothèque de la Pléiade, 1946, p. 243.

2. *Le National*, 18 juillet 1870.

génération tard venue après que les lauriers étaient coupés, il a eu les ennuis, les irritations, les sourdes colères; il nous a révélé dans les *Poëmes saturniens*, toutes les douleurs, toutes les angoisses qui troublaient son jeune esprit, de même que dans ses *Fêtes galantes* il s'est montré artiste de race, ouvrier exquis, en prêtant de suprêmes ironies et de mélancoliques élégances à ses pâles fantoches vêtus de satin et devisant d'amour au clair de lune. Aujourd'hui, par un de ces divins miracles dont par bonheur la tradition n'est pas perdue, Paul Verlaine retrouve à la fois dans son nouveau livre les gaietés, les espérances et les vaillantes candeurs sereines de son âge, car c'est pour une chère fiancée qu'a été assemblé ce délicieux bouquet de poétiques fleurs que le même artiste, toujours aussi savant mais devenu heureux, appelle si justement *La Bonne Chanson*. Et comment en donner mieux l'idée qu'en citant ces quelques vers dans lesquels on voit les enchantements et les féeries de l'aube matinale :

> *Avant que tu ne t'en ailles* »
> (citation in extenso du poème V)

Nous avons la réponse de Verlaine [1] :

Le 1ᵉʳ août 1870

Mon cher maître,
Des circonstances excessivement pénibles et des tracas douloureux dont je sors à peine m'ont seuls pu empêcher de vous témoigner plus tôt toute la gratitude dont m'a pénétré votre si bienveillante et si charmante appréciation

---

1. Bibliothèque du docteur Lucien-Graux, troisième partie, vente du 21 mars 1957, nᵒ 221.

de mon petit livre. Etre loué par vous en de pareils termes, c'est un honneur et un encouragement que je m'efforcerai de mériter par le plus improbus de tous les labor. Veuillez toujours me conserver votre bienveillance et votre amitié. C'est le vœu bien vif et bien cher de votre

P. VERLAINE.

Le poète savait soigner ses relations.

Je ne dispose pas d'autres articles contemporains. Mais plus tard, Jules Lemaître [1] a écrit quelques lignes sur ce recueil : « *La Bonne Chanson*, ce sont de courtes poésies d'amour, presque toutes très touchantes de simplicité et de sincérité, avec, quelquefois, des obscurités dont on ne sait si ce sont des raffinements de forme ou des maladresses. » Je ne trouve guère d'obscurités dans un recueil aussi bourgeois et transparent. A moins qu'on ne découvre des arcanes chez Boileau.

La Bonne Chanson, je l'ai dit, occupe le quatrième rang dans le « Référendum » de *La Plume* [2], pas bien loin d'*Amour* et des *Romances sans paroles* et connaîtra une réédition du vivant de Verlaine, en 1891 : c'est dire qu'il a fallu du temps pour écouler le stock. La déclaration d'Ernest Raynaud semble topique : « *Sagesse* a acquis à Paul Verlaine l'immortalité. En dehors de ce livre d'une belle unité et peut-être aussi des *Fêtes galantes*, je n'aperçois que des recueils lisibles seulement par endroits. » Le génie verlainien ne fuse effectivement que dans certaines pièces, certains passages ou certains vers de cet épithalame : si Fauré a été inspiré par *La Bonne*

1. *Revue politique et littéraire Revue bleue*, 7 janvier 1888, p. 8.
2. Numéro du 1er au 28 février 1896.

Chanson, il s'est bien gardé de tout mettre en musique.

La correspondance est aussi étique. Je ne dispose pour l'instant que d'une lettre de Lecomte de Lisle [1], datée du 9 août 1870, c'est-à-dire en plein désastre militaire :

> *Mon cher ami,*
>
> *J'ai reçu* La Bonne Chanson *et vous remercie bien cordialement de votre aimable souvenir. Vos vers sont charmants; ils respirent le repos heureux de l'esprit et la plénitude tranquille du cœur.*
>
> *Recevez mes meilleures félicitations.*
>
> *Voici que la pauvre Poésie est bien malade; et pour longtemps nous sommes ici dans une inquiétude effroyable des événements (...)*
>
> *Tout à vous*
LECONTE DE LISLE.

Bien sûr, Leconte de Lisle a tenu à être aimable, mais son esprit (on le serait à moins) se trouvait ailleurs. Ce qu'il dit n'est nullement sot mais entre l'art du futur bibliothécaire pasteur d'éléphants et *La Bonne Chanson*, il règne un béant abîme. D'une part une poésie métaphysique et pessimiste, tournant résolument le dos au monde contemporain et se réfugiant dans l'exotisme, ou un passé plus ou moins lointain, ou dans la mythologie. De l'autre, un art « moderniste » en partie constitué de chansons optimistes. Si Leconte de Lisle n'avait point été hanté par « le piétinement sourd des Prussiens en marche », il aurait bondi en lisant le poème VII « Le paysage dans le cadre des portières », où il n'est question que de

1. Donos (Charles).

poteaux télégraphiques, de locomotive et de wagon, plus l'effet cinématographique d'un paysage vu du chemin de fer. Et cela n'aurait pas été le seul bond (*cf*. IX, XVI). Mais c'était un homme trop bien élevé et trop préoccupé pour sortir des aimables banalités.

Au fond, le désaccord sur *La Bonne Chanson* subsiste encore de nos jours. Comme le note Antoine Adam [1] : « Sur la valeur de ce recueil, sur la place qu'il occupe dans l'histoire de l'œuvre verlainienne, les critiques trahissent par leur désaccord la difficulté de voir clair. Les uns ne cachent pas qu'ils font peu de cas de cette poésie trop sage, un peu fade et mièvre, œuvre d'un jeune bourgeois qui se range. Comme dit spirituellement M. Martino, ce bon jeune homme lettré ferait fort bien figure dans un roman de Theuriet, au bras d'une jeune fille très Second Empire. Mais d'autres admirent en ce recueil un progrès décisif, la rupture avec le Parnasse, l'accès de Verlaine à la poésie pour laquelle il était né, la sincérité ingénue, la spontanéité totale. Edmond Lepelletier n'est pas, à beaucoup près, aussi chaud dans l'éloge. Mais il est d'accord pour voir dans *La Bonne Chanson* l'apparition d'une « nouvelle poétique ». Verlaine, à l'en croire, passe de la poésie objective, descriptive, plastique [2], à la confession d'âme [3], à la notation des battements du cœur. Et lui aussi, il juge cette étape décisive. »

---

1. *Verlaine, L'homme et l'œuvre*, Hatier-Boivin, 1953, p. 89.
2. J'ai contesté l'objectivité des œuvres antérieures, qui est surtout un masque.
3. Une confession très contrôlée.

III

MANUSCRITS ET VARIANTES

Il n'existe plus de manuscrit de *La Bonne Chanson*. La fondation Jacques-Doucet s'enorgueillit de posséder l'exemplaire sur chine offert par le poète à sa fiancée :

à ma bien aimée Mathilde Mauté
de Fleurville.

P. Verlaine.

Faut-il donc que ce petit livre
Où plein d'espoir chante l'Amour,
Te trouve souffrante en ce jour,
Toi, pour qui seule je veux vivre ?

Faut-il qu'au moment tant béni
Ce mal affreux t'ait disputée
A ma tendresse épouvantée
Et de ton chevet m'ait banni ?

— Mais puisqu'enfin sourit encore
Après l'orage terminé
L'avenir, le front couronné
De fleurs qu'un joyeux soleil dore,

Espérons, m'amie, espérons !
Va ! les heureux de cette vie

Bientôt nous porteront envie,
Tellement nous nous aimerons !

                                        P. V.

5 juillet 1870 [1].

Je ne crois pas d'ailleurs que les heureux de cette vie
nourrissent des raisons valables d'envier ce poème à Pauvre Lelian.

D'autre part, dans un catalogue de la vente du 6 mai
1960 à l'Hôtel Drouot, on signale au n° 244 « le manuscrit autographe et signé P. V. de la célèbre pièce XI de
ce recueil *La dure épreuve va finir...* présentant deux
légères variantes « *Tout mon être et mon amour* »
devenu « *Tout mon être et tout mon amour* », et « *Me*
reviendra ma fiancée » changé en « *Me reviendra la*
fiancée ! 1 page in-12, taches d'encre [2] ». Oserions-nous
élever quelques suspicions contre cet autographe ? Son
authenticité, nous ne la mettons pas en cause, mais ne
serait-ce pas un autographe bâclé *post eventum* ? Ce gros-
sier vers faux « Tout mon être et mon amour » (un hepta-
syllabe au milieu d'octosyllabes), et la platitude « ma fiancée », au lieu de « la fiancée » me laissent perplexe. A vrai
dire Verlaine lâchait parfois des vers faux, quant aux plati-
tudes, on voit souvent qu'il était un homme des pays plats.

Il est inutile de parler pour ne rien dire. Comme le
conclut Jacques Robichez : « On voit qu'il n'y a prati-

---

1. Œuvres complètes de Paul Verlaine, Paris, Le Club du meilleur
livre, 1959, photocophie, p. 188. On sait que Mathilde avait eu la petite
vérole.

2. Le signalement intervertit « ma fiancée » et « la fiancée ».

quement pas eu en 1891 de corrections d'auteur. L'orthographe a été seulement modernisée (*poète, très joyeuse, rythme*). Quelques fautes ont été introduites qui ont échappé à Verlaine. A-t-il même relu les épreuves[1] ?

1. Verlaine. Œuvres poétiques, Paris, Garnier, 1969, p. 726.

ROMANCES SANS PAROLES

I

ÉTUDE LITTÉRAIRE

Les *Romances sans paroles* furent imprimées en 1874 à Sens et on ne peut guère parler de vente que pour la réédition en 1887 chez Vanier.

Voici la composition de *Gustave*, le « phâmeux manusse » :

A) *Les Ariettes oubliées* (vers mai-juin 1872)

  I   : *C'est l'extase langoureuse* (P 18 mai 1872 [1])
  II : *Je devine, à travers* (avant le 22 septembre 1872)
 III : *Il pleure dans mon cœur* (octobre 1872 ??)
 IV : *Il faut, voyez-vous* (?)
  V : *Le piano que baise une main frêle* (P 29 juin 1872)

[1]. P veut dire que nous ne connaissons que la date du périodique. Celle de composition est antérieure, forcément.

VI : *C'est le chien de Jean de Nivelle* (attesté ? par une
    lettre de décembre 1872 à Lepelletier)

VII : *Je ne me suis pas consolé* (juillet 1872 ??)

VIII : *Dans l'interminable/Ennui* (souvenir de décem-
    bre 1871?)

IX : *Dans l'ombre des arbres* (mai-juin 1872)

B) *Paysages belges*
  Walcourt (à partir du 9 juillet 1872)
  Charleroi (après Walcourt)
  Bruxelles Simples fresques I et II (août 1872)
  Bruxelles Chevaux de bois (id.)
  Malines (id.)

C) *Birds in the night* (septembre-octobre 1872 : strophes 1
et 2 avant le 24 septembre, 3 à 9 avant le 5 octobre)

D) *Aquarelles*
  Green (octobre-décembre 1872 ?)
  Spleen (id.?)
  Streets I (id.?), II (?)
  Child wife (2 avril 1873)
  A poor young shepherd (14 février 1873 ?, envoyé à Blé-
mont le 22 avril 1873)
  Beams (4 avril 1873)

Le recueil suit en gros la chronologie. Très approxi-
mativement, les *Ariettes oubliées* correspondent à la fin
de la période parisienne de Rimbaud (10 septembre
1871-8 juillet 1872), les *Paysages belges* à l'escapade belge,
avec la péripétie, le 22 juillet 1872, de la rencontre avec
Mathilde, à Bruxelles (immortalisée ultérieurement par

Birds in the night), les *Aquarelles,* au séjour en Angleterre
(premier départ de Belgique le 7 septembre 1872), aussi
tumultueux qu'interrompu par maintes allées et venues
entre l'Angleterre et la Belgique — *Beams* décrivant une
traversée de Douvres à Ostende à bord de la *Comtesse-de-*
Flandre. Quant à la bile vomie dans *Birds in the night* et
Child wife, elle s'explique par la procédure entamée par
Mathilde (à partir du 2 octobre 1872).

La conception de l'opuscule a évolué :

1. A Emile Blémont le 22 septembre 1872 : « Je vous
envoie quelques vers dont vous ferez ce que vous vou-
drez, et je me tiens à votre disposition pour une série que
je nommerai : *De Charleroi à Londres* »;

2. A E. B. le 1er octobre 1872 : « Je fais imprimer ici
(à Londres) mon petit volume : *Romances sans paroles,*
— il y aura dedans une partie quelque peu élégiaque,
mais, je crois, pas glaireuse : quelque chose comme *La*
Bonne Chanson retournée, mais combien tendrement!
tout caresses et *doux* reproches »;

3. A E. B. le 5 octobre 1872 : « Mon petit volume
est intitulé : *Romances sans paroles*; une dizaine de
petits poèmes pourraient, en effet, se dénommer : *Mau-*
vaise Chanson. Mais l'ensemble est une série d'impres-
sions vagues, tristes et gaies, avec un peu de pittoresque
presque naïf : ainsi les *Paysages belges.* Je ne crois pas
qu'il y ait rien d'anglais »;

4. A Edmond Lepelletier (Londres) décembre 1872 :
« Je vais porter chez l'imprimeur les *Romances sans*
paroles. 4 parties :

Romances sans paroles.
Paysages belges.
Nuit falote (XVIIIe siècle populaire).
Birds in the night [...]

« 400. vers à peu près en tout : tu auras ça dès paru,
c'est-à-dire en janvier 73 »;
5. A E. B. 22 avril 1873 : « Je vous envoie ci-joint
deux petites pièces destinées aux *Romances sans paroles.*
Je les extrais d'une partie anglaise, intitulée : *Aquarel-*
les [...] Voici les vers promis : *A poor young shepherd* [...]
The child wife [...]. »
De ces indications l'on peut tirer les conclusions sui-
vantes : les *Romances sans paroles* sont évidemment
un recueil hétérogène. *Birds in the night* (ex *Mauvaise*
Chanson) c'est une *Bonne Chanson* retournée. La section *Ariettes oubliées* s'est d'abord appelée *Romances*
sans paroles. La section *Nuit falote* [1] (XVIIIe siècle populaire) s'est réduite à la VIe Ariette oubliée (à supposer
qu'elle ait été primitivement plus développée). Enfin
Verlaine a ajouté une section *Aquarelles* (anglaises) gros-
sie de pièces qui avaient été classées indûment dans la
section *Birds in the night* (*A poor young shepherd, Child*
wife).
Pour tenter une appréciation des *Romances sans paro-*
les, ce recueil hétérogène, il faut tenir compte de trois
faits, où règne en apparence la plus complète contradic-
tion. Il y a d'abord l'affaire Mathilde. Cette dernière
tient, une fois pour toutes, à se débarrasser de ce dévoyé,

1. Falot : plaisant, drolatique.

de cet éthylique aux instincts sanguinaires. Verlaine adopte une thèse pour le moins curieuse : « C'est moi le quitté », et son fils « est le petit captif des Mauté ». Et cependant le poète — un krypto-bourgeois — regrette amèrement la vie conjugale :

> *Le foyer, la lueur étroite de la lampe*
> *[...]*
> *L'heure du thé fumant et des livres fermés.*

Mathilde apparaît un peu partout, et *Birds in the night* lui est entièrement consacré. C'est à la fois un retors et fielleux plaidoyer, plus un poème d'amour avec bien entendu l'évocation du 22 juillet 1872 où Mathilde accomplit un ultime effort pour reconquérir son mari. Style musical et surtout oratoire. C'est bien *La Bonne Chanson* à l'envers — de l'assez bonne poésie, tandis que *Child wife* n'est guère qu'un épanchement du pancréas.

Il y a surtout l'affaire Rimbaud. Hélas! on en a tout dit, et même trop dit. Rappelons les principaux points fondamentaux de la poétique rimbaldienne : 1º Le dérèglement de tous les sens; 2º L'axiome « Je est un autre » (d'où l'idéal d'un art objectif et l'hostilité au lyrisme personnel); 3º Le poète est un voyant, défricheur d'inconnu, et un démiurge, qui transforme le monde par la force du verbe — Rimbaud compte parmi les ancêtres du surréalisme. En outre on connaît le goût de Rimbaud pour l'art populaire : « J'aimais les peintures idiotes, dessus de portes, décors, toiles de saltimbanques, enseignes, enluminures populaires [1] [...] » Or *Bruxelles Chevaux de bois* et la VIᵉ *Ariette* sont de bons exemples de

---

1. *Une Saison en enfer : Délires II.*

cet art populaire, celle-ci faisant le lien avec les *Fêtes galantes*. De plus on décèle une relative objectivité dans les *Paysages belges* (d'ailleurs pour une part impressionnistes : l'année 1874 où paraîtront les *Romances* est celle où naît officiellement l'impressionnisme pictural). Quant au dérèglement de tous les sens : « Un coup de ton doigt sur le tambour décharge tous les sons et commence la nouvelle harmonie[1] » « Je m'habituai à l'hallucination simple [...] Je finis par trouver sacré le désordre de mon esprit[2] », on en trouve une application dans certaines ariettes, par exemple II :

> *Je devine, à travers un murmure,*
> *Le contour subtil des voix anciennes*
> *Et dans les lueurs musiciennes,*
> *Amour pâle, une aurore future !*

Cette poésie se dissout en musique.

D'une façon générale, certaines des pièces des *Romances* sont fort loin d'être faciles à déchiffrer. *Scholiastae certant*. On n'arrive plus à définir le « sujet » ni à déterminer les personnages. Bien entendu, c'est le résultat d'une expresse volonté d'ordre esthétique. Quant aux paysages (*cf*. Ariettes III et VIII) ils sont souvent « introspectifs », expression d'un état d'âme, comme certains des *Paysages tristes* (*Poèmes saturniens*). On arrive ainsi à une interfusion du subjectif et de l'objectif.

Cela dit, nous restons fort loin de Rimbaud. Celui-ci ne s'est pas gêné pour exprimer son mépris pour le

1. *Les Illuminations : A une raison.*
2. *Une Saison en enfer : Délires II.*

« pitoyable frère » et la « Vierge folle [1] », et il a tourné
en ridicule cette « magie bourgeoise » verlainienne [2]. Les
deux artistes ne pouvaient pas plus se comprendre que
Gauguin et van Gogh ne se sont plus tard compris. En
fait on retrouve dans les *Romances sans paroles* des
lambeaux de réalité. Il n'est pas impossible que l'Ariette I,
à en croire Octave Nadal [3], suggère indirectement le plaisir amoureux, et il reste fort possible que le partenaire
soit Rimbaud et qu'il ne s'agisse pas du rappel nostal-
gique de l'amour avec Mathilde réfugiée à Périgueux.
On peut être plus affirmatif pour l'Ariette II : visible-
ment le poète est partagé entre deux amours. Je doute
fort que les deux « âmes sœurs » d'Ariette IV soient Verlaine et Mathilde. Il s'agit plutôt de Verlaine et de Rimbaud, aussi vrai que l'Albertine de Proust était un homme.
Les identifications, pour l'Ariette V, sont plus franches :
nous sommes rue Nicolet, où la maison des Mauté se
trouvait séparée de la rue par un petit jardin. La pianiste
est Mme Mauté de Fleurville, excellente artiste.
L'Ariette IX traduit à la fois l'espérance et la désillusion.
Spleen — d'une rare beauté — peut s'adresser aussi bien
à Mathilde qu'à Rimbaud, *Streets I* vise Mathilde,
Streets II décrit tout simplement le Regent's Canal, qui
débouche de Maida Vale et s'intercale ensuite entre Blom-
field Road et Maida Hill. Je doute fort, malgré le vague
passage de la Correspondance (éd. van Bever, I, p. 82),
que Kate, dans *A poor young shepherd*, soit réelle. Peut-
être est-ce un alibi de Mathilde, d'autant que le morceau
était primitivement lié à *Birds in the night*.

---

1. *Les Illuminations : Vagabonds; Une Saison en enfer : Délires I.*
2. *Les Illuminations : Soir historique.*
3. *Paul Verlaine*, Paris, Mercure de France, 1961, pp. 110-112.

Quant à *Beams*, c'est de beaucoup la pièce la plus mystérieuse du recueil que commente en ces termes Jacques-Henry Bornecque, dans son excellent petit *Verlaine par lui-même* : « [...] Verlaine décrit le miracle d'une femme ou d'une jeune fille, anonyme et radieuse, qui abandonne le pont du bateau pour marcher sur la mer, tandis que la suivent sans peine ni surprise tous ceux qui ont foi en elle... Passage tout uni du naturel au surnaturel [1]. » Le plus merveilleux dans ce chef-d'œuvre, c'est que le surréel s'impose avec tant de naturel qu'il a fallu la perspicacité de Bornecque pour émerger du lieu commun de l'agréable rencontre d'une jolie femme sur un bateau. Dans ce poème, Verlaine s'est habitué à l'hallucination simple.

Au fond, Rimbaud a surtout contraint Verlaine à devenir lui-même. Les deux astres se sont quasi frôlés, provoquant l'un sur l'autre de puissantes marées. Puis ils se sont éloignés. Chef-d'œuvre impressionniste et rimbaldisant, avec une touche de surréalisme, ce recueil des *Romances sans paroles* constitue le sommet d'un art spécifiquement verlainien.

1. Paris, Ed. du Seuil, 1966, p. 92.

II

RÉACTIONS DE LA CRITIQUE ET DU PUBLIC

Verlaine ayant conçu l'ingénieuse idée d'une cure de désintoxication alcoolique à la prison de Mons élabora le non moins ingénieux projet de profiter de son séjour à l'ombre pour lancer un deuxième chef-d'œuvre.

Lepelletier [1] a raconté l'histoire de l' « édition princeps des *Romances sans paroles* [2]. Cette petite plaquette tirée sur papier teinté, avec couverture bleue, fort soignée comme typographie, a été imprimée sous ma surveillance immédiate [3] à Sens en 1873. Je me trouvais dans cette petite ville, pourchassé par l'état de siège, à la suite de la suppression par le général Ladmirault de notre journal le *Peuple souverain* publié à Paris [...] Nous avions été installer à Sens nos bureaux et transporter nos presses. Le journal sous le titre le *Suffrage universel*, puis le *Patriote*, paraissait là, hors de la portée des sabreurs militaires [4] et continuait le *Peuple souverain*. On tirait le journal dans une petite imprimerie provinciale dirigée par un nommé Maurice L'hermitte. Nous avions emporté de Paris quelques types variés de caractères,

1. *L'Echo de Paris*, 1er août 1887.
2. 300 exemplaires.
3. L'immédiateté de cette surveillance n'a pas empêché la première édition d'être rongée de coquilles grossières.
4. Le communard Lepelletier oublie de préciser qu'après avoir tiré sur les Prussiens, il tira sur les Français, pendant que les pétroleuses faisaient flamber Paris.

notamment des *italiques* de neuf. Ce furent ces italiques qui servirent à composer les *Romances sans paroles*. Verlaine était alors retenu [1] en Belgique [...] Aucun exemplaire ne fut mis en vente, sauf une *cinquantaine d'exemplaires* que Verlaine reçut par la poste, tous les autres volumes furent expédiés par moi à des auteurs célèbres, critiques, journalistes, éditeurs et amis personnels, sur une liste dressée avec beaucoup de soin par Paul Verlaine. Toutes les dédicaces sont de ma main [...] »

Est-il besoin de préciser que les comptes rendus brillèrent par leur absence? Il ne faut pas oublier qu'à cette époque, d'une moralité si altière, une condamnation de droit commun ne constituait pas encore une recommandation auprès du public. Pratiquement, nous n'avons relevé qu'une seule recension, par Emile Blémont le fidèle [2] : « Nous venons de recevoir les *Romances sans paroles* de Paul Verlaine. C'est encore de la musique, musique souvent bizarre, triste toujours, et qui semble l'écho de mystérieuses douleurs. Parfois une singulière originalité, parfois une malheureuse affectation de naïveté et de morbidesse. Voici une des plus jolies mélodies de ces *Romances* :

> *Le piano que baise une main frêle*
> *Luit dans le soir rose et gris vaguement;*
> *Tandis qu'avec un très léger bruit d'aile*
> *Un air bien vieux, bien faible et bien charmant*
> *Rôde discret, épeuré quasiment,*
> *Par le boudoir longtemps parfumé d'Elle.*

1. Le Grand Architecte a poussé Lepelletier à remplacer « détenu » par « retenu ».
2. *Le Rappel*, 16 avril 1874.

« Cela n'est-il pas musical, très musical, maladivement musical? Il ne faut pas s'attarder dans ce boudoir. » On sent, chez cet écrivaillon de vingtième zone, une hésitation sur l'œuvre. Il éprouve une séduction et cependant il reste réticent et achève par un refus. Il n'a pas vu qu'il avait en face de lui un des chefs-d'œuvre de la poésie française. Chose curieuse, Huysmans, dans *A Rebours* (1884), se borne à une observation de détail [1] « [...] il avait également et souvent usé d'une forme bizarre [...] d'un tercet, monorime, suivi d'un unique vers, jeté en guise de refrain et se faisant écho avec lui-même tels que les *streets* : « Dansons la Gigue ».

Mais la même année 1884, Barrès, dans *La Sensation en littérature* (in *Les Taches d'encre*) parle de « plaintes qui meurent avec une tendresse incomparable », de « murmures d'amour tristes à faire pleurer. C'est le dernier degré de l'énervement dans une race épuisée. C'est de l'art, parfois le plus exquis que nous sachions [...] »

Il faut attendre la réédition de 1887 pour que Lepelletier [2] publie un article copieux sur les *Romances sans paroles*, et, chose paradoxale, un article quasi-intelligent :

« Ce sont de petits morceaux d'un art achevé, d'une délicatesse de langue inouïe, d'un raffinement et d'une préciosité extraordinaires, mais supportables. C'est recherché, c'est subtil, c'est ouvragé comme un flacon oriental, mais ça n'est pas décadent. On y rencontre des « paysages belges », sous cette rubrique : « Conquestes du Roy », qui nous reportent aux estampes des XVIIe et XVIIIe siècles, où des raccourcis et des traits peignent en quatre vers

1. Ed. Crès, 1922, P. 242.
2. *L'Echo de Paris*, 1er août 1887.

toute une campagne, toute une région, étalée à perte de
vue dans les compositions de Van-der-Meulen et de ses
imitateurs. Voyez *Walcourt* [...]

« Des pièces étonnantes par la fantaisie et l'art qui
s'y combinent, sont celles qui évoquent des souvenirs
populaires du xviiie siècle : Ainsi la pièce sur François
les Bas-Bleus qui s'égaie du chien de Jean de Nivelle [...].
Une autre pièce, comme un cauchemar, ronronne dans
la mémoire, c'est celle des *Chevaux de bois* [...] Les
Chevaux de bois sont une pièce sans égale dans aucune
langue. Edgar Poe et Baudelaire eussent tiré leur révé-
rence devant cette poésie fantastique et évocatrice. Du
rêve condensé.

« Il est aussi quelques pièces personnelles et auto-
biographiques d'une note intense, rare et puissante. Voir
Birds in the night. Les rimes de Paul Verlaine sont
étranges; l'assonance y fleurit, ses rythmes sont inattendus.
Il fait avec le vers de neuf syllabes [1] « ce que Paganini
faisait de son archet. »

« Les *Romances sans paroles* sont un des livres les plus
curieux et les plus charmants qui soient. Paul Verlaine
ne s'y révèle plus, mais s'y maintient grand poète [...] »

Lepelletier a peut-être un peu trop insisté sur *Bruxelles chevaux de bois* et aurait dû dire qu'après les *Fêtes
galantes*, c'était, en tant que recueil, le deuxième sommet
de l'art verlainien. Rimbaud ne s'y est pas trompé, lui
qui écrivait à Verlaine [2] : « Après ça, resonge à ce que tu
étais avant de me connaître! » Mais les temps n'étaient
pas mûrs. A propos d'*Ariette III* et de *A poor young she-*

---

1. Les *Romances* contiennent deux pièces en ennéasyllabes : *Ariette II*
et *Bruxelles chevaux de bois*.
2. Oeuvres complètes, Bibliothèque de la Pléiade, 1946, p. 277.

pherd, Jules Lemaître [1] se contente de noter : « M. Paul Verlaine a des sens de malade, mais une âme d'enfant, il a un charme naïf dans la langueur maladive; c'est un décadent qui est surtout un primitif », et comme le prouve le référendum de *La Plume* [2], les *Romances sans paroles* ne se situent en 1896 qu'en troisième position, après *Sagesse*, puis les *Fêtes galantes*. Mais il est décevant de constater qu'*Amour*, qui n'est qu'une œuvre de troisième zone, reste situé sur le même plan que les *Romances sans paroles*. On peut préférer cette « impasse » de génie que sont les *Fêtes galantes*, mais les *Romances sans paroles*, outre leur valeur intrinsèque, annoncent les hauts sommets de *Cellulairement*, que le poète fut assez sot pour écarteler comme les Ménades mirent Penthée en lambeaux. Après *Cellulairement* les vrais chefs-d'œuvre se raréfieront, et le poète, de plus en plus vite, descendra la pente pour devenir, pas même un homme de lettres, mais un industriel de lettres.

III

MANUSCRITS ET VARIANTES

« Gustave », le manuscrit des *Romances*, est partagé en trois morceaux. Dans le catalogue Barthou [3] est signalée une pièce autographe : *Charleroi*. La Bibliothèque Jacques Doucet possède les quatre premières ariettes [4]. Le reste appartient aux héritiers d'Alfred Saffrey, comme les lettres à Lepelletier. Les manuscrits envoyés à Emile

1. *Revue politique et littéraire Revue bleue*, 7 janvier 1888.
2. Numéro du 1er au 28 février 1896.
3. *Bibliothèque de M. Louis Barthou*, Seconde partie, Paris, Auguste Blaizot, 1935, n° 895.
4. Reproduites en photocopies p. 96 [1], [2], [3], [4], de Richer (Jean) *Paul Verlaine*, Paris, Seghers, 1963, collection « Poètes d'aujourd'hui », 38.

Blémont se trouvent à la Bibliothèque nationale. En somme, correspondance mise à part, le manuscrit est partagé en trois tronçons, de longueur inégale [1].

Jacques Robichez [2] ayant tiré les conclusions des variantes, il nous semble fort inutile de reprendre ce qu'il a bien fait. Nous nous bornerons à étudier le manuscrit original de la célèbre Ariette III. Voici la présentation critique du texte :

> /It rains, and the rain is never
> III   weary.
>   (Longfellow.) /[3].

> « *Il pleut doucement sur la ville* »
>   (Arthur Rimbaud)

> *Il pleure dans mon cœur*
> *Comme il pleut sur la ville* (sic)
> *Quelle est cette langueur*
> *Qui pénètre mon cœur ?*

> *O bruit doux de la pluie*
> *Par terre et sur les toits !*
> *Pour un cœur qui s'ennuie*
> *O le/Chant/[4] de la pluie !*

1. Il est scandaleux que la Bibliothèque nationale ait acquis le fonds Cazals, tardif et sans valeur littéraire, et laisse échapper des pièces maîtresses de Verlaine. Il est scandaleux que l'éditeur genevois Pierre Cailler se soit refusé à publier l'édition critique des *Romances*, préparée par Henri de Bouillane de Lacoste et Alfred Saffrey, dont le manuscrit était entièrement terminé. A quoi sert le C.N.R.S. ?
2. *Verlaine. Œuvres poétiques*, Paris, Garnier, 1969, p. 738.
3. Texte emprunté au poème *The Rainy Day*, (*Miscellaneous Poems*) mis en musique par Sullivan. Verlaine a supprimé cette épigraphe, probablement surajoutée.
4. Chant semble surcharger soit les lettres *ch*, soit plutôt *br*, comme si Verlaine avait commencé à écrire *bruit*.

Il pleure sans raison
Dans ce cœur qui/s'effrite/s'y noie/s'ennuie/
　　　　　　　　　　　　　　　　s'écœure[1]

Quoi ! nulle trahison ?...
Ce/deuil/[2] *est sans raison* (sic)

/O bruit doux de la pluie
Par terre et sur les toits (sic)
Pour un cœur qui s'ennuie
O chant de la pluie (sic)/[3]

C'est bien la pire peine
De ne savoir pourquoi (sic)
Sans amour et sans haine (sic)
Mon cœur a tant de peine !

Ayant examiné d'autres variantes, nous ne risquons pas de tomber dans le sophisme anglais : « En France, toutes les femmes sont rousses. » Nous nous croyons donc en droit d'extrapoler :

1) Le poète est négligent en matière de ponctuation;
2) Il a supprimé une bonne partie de ses épigraphes;
3) Il est très sensible aux termes propres;
4) Il recherche la musicalité (s'écœure), mais quand le poème est débordant de musique, il n'hésite pas à biffer une strophe-refrain (procédé baudelairien devenu inutile).

---

1. *s'écœure* figure dans la marge, à gauche.
2. Remplace un mot illisible. *Ce deuil* est répété dans la marge, à gauche.
3. Strophe biffée.

SAGESSE

I

ÉTUDE LITTÉRAIRE

De la fin mai au 26 octobre 1875, Verlaine expédie à Delahaye, par tranches de cent vers, les trente-deux poèmes de *Cellulairement* qu'il a retenus. L'ouvrage devait être imprimé à Charleville. C'est une fois ce projet avorté que l'idée prend corps de deux recueils proprement religieux : *Sagesse* (mentionné dans la lettre à Delahaye du 3 septembre 1875) et *Amour* (lettre à Blémont du 19 novembre 1875). Verlaine travaille assidûment à « Sago » (*Sagesse*). De Bournemouth, le 7 septembre 1877, il mande à Lepelletier : « J'ai des masses de vers. Volume (*Sagesse*) va être achevé. Tâche de m'indiquer un éditeur point trop escorchard [1]. » Une année plus tard, de

---

1. Le recueil devait être édité à compte d'auteur.

Rethel, il envoie à son beau-frère, Charles de Sivry, pour qu'il le fasse parvenir à Mathilde, ce qu'il considère comme le manuscrit définitif de *Sagesse* : il porte l'inscription « Sagesse, 1875-1877, Stickney-Rethel », et prélude par l'actuel I, 16 « Ecoutez la chanson bien douce ».

Les éditeurs s'obstinèrent à refuser le livre et en vain le poète s'évertua à plaire aux lecteurs catholiques en truffant son recueil de pièces tendancieuses nées des événements de 1879 à 1880. C'est en cette dernière année que par l'intermédiaire du fidèle Delahaye, il entre en pourparlers avec la librairie catholique Victor Palmé, 76, rue des Saints-Pères. En octobre 1880, grâce à une avance de 600 F, *Sagesse* voit le jour, ou plutôt les caves de l'éditeur Palmé (2e édition augmentée en 1889 chez Vanier).

Il ne serait pas superflu de déterminer le plan du recueil. Voici ce que déclare V. P. Underwood [1] : « Le recueil se divise en trois parties dont la deuxième constitue le saint des saints, pour ainsi dire, de la chapelle de la conversion; les première et troisième parties en font les bas-côtés. La première partie, quoique composée pour la plupart *après* la deuxième, y prépare le lecteur par son ton de religion tantôt inquiète, tantôt triomphatrice. La troisième partie s'ouvre sur une paisible renonciation aux « civilisations » en faveur des « paysages ». D'une inspiration moins spécialement chrétienne, elle contient de fait plusieurs poèmes, paysages surtout, d'avant la conversion. Le poète les adapte assez facilement à son rôle de chrétien qui assiste aux scènes de ce monde sans s'y mêler. Il faut donc conclure que Verlaine dispose

1. Paul Verlaine : *Sagesse*, éd. Underwood, Londres, Zwemmer, 1944, p. 55.

ses compositions selon des critériums artistiques plutôt que chronologiques, ne se souciant guère de les faire correspondre avec exactitude aux étapes apparentes de son évolution religieuse. » — Commentant ce plan à son tour, Louis Morice voit dans les trois parties du livre trois états de la « psychologie religieuse » de Verlaine : « La première [...] *ascétique* dit [...] la lutte engagée par le néo-converti contre le vieux moi [...] La deuxième partie, celle où Jésus attend son poète, où se noue le sublime dialogue, est toute *mystique* [...] La troisième partie [...] est surtout pittoresque [...] Le poète, qu'on avait cru mort, nous revient armé de sens surnaturels, avec une plus riche vision [1]. » En somme : « Il n'est pas excessif, à propos de *Sagesse*, de parler d'architecture [2]. »

Certes, Morice et Underwood connaissaient tous deux les dates (souvent très controversées) des poèmes. Certes le recueil présente bien l'aspect d'un triptyque avec un noyau nettement mystique *O mon Dieu, vous m'avez blessé d'amour* et les fameux sonnets *Mon Dieu m'a dit*, mais je suis malheureusement atteint d'une double maladie, le sens historique, et des impératifs esthétiques primant sur le sens religieux. Je commence par rappeler que Verlaine a truffé le recueil de sept pièces empruntées à *Cellulairement*, œuvres dont la suppression détruirait purement et simplement *Sagesse*. Je désigne II, 4, III, 2, 3, 4, 5, 7, 11 (auxquelles on pourrait peut-être ajouter III, 6). Ces pièces, pour la plupart, sont fort bonnes, et certaines constituent même de purs joyaux : II, 4 *Mon Dieu m'a dit* (2 août 1874) est tout brûlant de conversion et laisse distinguer les trois voies de l'ascension mystique : la voie

1. Verlaine *Sagesse*, éd. Louis Morice, Paris, Nizet, 1948, pp. 20-22.
2. Ibid., p. 19.

purgative, la voie illuminative, et la promesse, dans l'au-
delà, de la voie unitive; III, 2 *Du fond du grabat*
(juin-juillet 1874) est une transformation poétique de
l'odyssée du pécheur, un travelling en pentasyllabes tout
imprégné du souvenir de Rimbaud; III, 3 *L'espoir luit*
(fin 1873) est une des pièces les plus magiques et les
plus mystérieuses de Verlaine, souvenir estival qui trans-
figure *Le Cabaret*, sonnet paru dans *Le Reliquaire* de
Coppée en 1866; III, 4 *Gaspard Häuser chante* (août 1873)
est une complainte mélancolique et narquoise; III, 5
Un grand sommeil noir (8 août 1873), par ses thèmes du
sommeil, du tombeau et de l'obscurité, témoigne d'une
fixation au stade infantile; III, 7 *Je ne sais pourquoi*
(juillet 1873), tour de force rythmique, traduit une aspiration éperdue vers la liberté; III, 11 *La bise se rue*
(fin 1873) est une assez pauvre évocation « embondieusée »
d'une promenade vernale. Quant à III, 6 *Le ciel est, par-
dessus le toit* (septembre 1873), c'est un des plus beaux
lieder du poète, mais où celui-ci, en remettant toutes
choses en place, se renie subtilement. — Supprimons les
pièces de *Cellulairement*, et *Sagesse* penche beaucoup plus
dangereusement que la tour de Pise.

Ne voulant point retomber dans la cruauté mentale,
je scrutérai sommairement ce qui reste. Bien sûr, non
sans quelques petits efforts, nous pouvons nous édifier.
Il est certain que, durant quelques années, Verlaine a
lutté courageusement contre l'éthylisme ou la paillar-
dise, et que son génie n'a pas soudain sombré. I, 1 *Bon
Chevalier* (été 1875 ou juillet 1877) est une bonne allé-
gorie d'allure médiévale, qui fait pardonner les ahanne-
ments de I, 2 *J'avais peiné* (avant le 13 septembre 1875);
I, 5 *Beauté des femmes* (*id.*), d'une admirable origina-

lité, quand ce ne serait que par les assonances à la rime, est une victoire « après quelle tentation ! »; I, 7 *Les faux beaux jours* (*id.*) est commenté par le poète « Sur le bord d'une rechute », et laisse entrevoir un paysage d'apocalypse; I, 16 *Ecoutez la chanson bien douce* (septembre 1878) retrouve le charme de *La Bonne Chanson* et des *Romances sans paroles* par ses rimes toutes féminines et ses allitérations savamment calculées, faisant pardonner le bafouillage de I, 15 *On n'offense que Dieu* (1878); I, 19 *Voix de l'Orgueil* (été 1875), se livre à des synesthésies curieuses, et tente, parmi de savantes combinaisons de rimes, d'établir des équivalences de sensations et de sentiments; II , 1 *O mon Dieu, vous m'avez blessé d'amour* se délivre des vieilles chaînes classiques en s'imposant d'écrire une espèce de litanie, mais se charge des chaînes plus lourdes et plus rigoureuses des répétitions symétriques; III, 9 *Le son du cor* (fin 1871 ?) est un « paysage introspectif » de même veine que les *Romances sans paroles*, c'est-à-dire un paysage exprimant un état d'âme; III, 13 *L'échelonnement des haies* (1875 ou juillet 1877) peut être considéré, par la maîtrise de son art, ces métaphores-miroirs se renvoyant l'un à l'autre, par sa parfaite unité, comme un des chefs-d'œuvre de l'art symboliste; III, 21 *C'est la fête du blé* (été 1877) est une géorgique chrétienne encore impressionniste.

Tout cela est édifiant. Mais je tombe sur III, 10 *La tristesse, la langueur* (été 1875). Si mystérieux que soit ce beau sonnet, ce sein « marqué d'un double coup de poing » semble bien masculin. Curieux, cette pièce en hendécasyllabes, du même rythme que *Crimen Amoris*. Je ne vois pas comment on pourrait la christianiser. Or, il existe un morceau, mais dans le style prêchi-prêcha qui s'adresse manifestement à Rimbaud, comme le prouve l'exemplaire Kessler : I, 4 *Malheureux ! tous les dons* (été 1875). De plus — mais ce n'est là qu'une hypothèse — il n'est pas exclu que I, 21 *Va ton chemin* (1880), vu son irénisme, s'adresse à Lucien Létinois. Diable, quelle famille nombreuse : Mathilde, Georges — le fils du poète (cf. I, 17 et 18; 1878), Rimbaud, Lucien Létinois. L'appel paraît bien au complet. Or tout cela est fort inquiétant. *Le poète n'a pas oublié Rimbaud*, comme le démontrent des « vieux Coppées » satiriques et la correspondance [1]. *Sagesse*, donc, présente un filigrane qui n'est pas tellement rassurant. Personne ne saurait reprocher à Verlaine de subir des luttes spirituelles, ni même d'écrire un beau sonnet probablement homosexuel. Mais tudieu, qu'il ne prenne pas des airs de Loyola endimanché !

Il n'est pas possible d'examiner pièce par pièce un recueil relativement étoffé. On ne peut qu'être frappé de la variété de son art, sonnets mystiques, litanies, cantiques, morceau dans le style de *La Bonne Chanson*, poème symboliste, Romance sans parole, lieder, sonnets chargés de mystère, pièce rimbaldisante (III, 2), allégories médiévales, satires cléricalo-politiques (hélas, ou plutôt, holà !), méditation (I, 3), description de la « province » (III, 20). Mais cette variété inquiète. Où le poète veut-il en venir ? Je réponds : Nulle part. Il tâtonne comme un papillon de nuit autour de la flamme. Bien sûr, on est fasciné par divers morceaux : III, 3 *L'espoir luit* est un des sommets de la poésie française. Mais hélas ! on n'a pas de peine à ramasser à pleines poubelles des poèmes

---

1. *Cf.* par exemple : Lette à Delahaye (27 novembre 1875) : « Envoie nouvelles d'Homais » (= Rimbaud).

soit médiocres, soit au-dessous du médiocre. Le poète n'a jamais eu le courage de se taire quand il n'avait rien à dire.

A la différence de la cathédrale de Reims, je crains fort que cette noble cathédrale de *Sagesse* ne s'effondre au premier obus. Il y a ce qu'on est convenu d'appeler les « grands événements littéraires » : *La Légende des siècles, Les Fleurs du mal, Madame Bovary* etc. *Sagesse,* n'en déplaise à Raymond Clauzel, est, lui, un faux grand événement. Mais il contient de bonnes pièces et des chefs-d'œuvre. Verlaine a eu l'immense mérite, après le déisme des romantiques et le manichéisme de Baudelaire, de tenter de créer un art (à peu près) authentiquement catholique. En fouillant dans sa poubelle, on a la joie de trouver des cuillers d'argent, de vermeil et même d'or.

II

RÉACTIONS DE LA CRITIQUE ET DU PUBLIC

Pour essayer de comprendre le « plan de campagne » de Verlaine, il est indispensable de rappeler ses mécomptes à la sortie de prison. André Fontaine [1] a bien résumé la situation : « [...] Il ne peut rentrer dans le monde des lettres que par la porte catholique; il s'est rendu compte, en 1875, des sentiments qu'il inspire, lorsqu'ayant

1. *Verlaine homme de lettres,* Paris, Delagrave, 1937, p. 52.

présenté au Comité chargé de publier le troisième recueil
du *Parnasse Contemporain*, des poèmes écrits certaine-
ment à Mons, il est refusé sans discussion. Sur les feuilles
où le Comité des quatre ont noté leur avis, ni Banville,
ni Coppée n'ont inscrit son nom, comme s'il ne comptait
même pas parmi les candidats possibles. Quant à Anatole
France, il avait noté : « Non », et ajouté : « L'homme
est indigne et les vers sont des plus mauvais qu'on ait
vus [1] » [...] »

Il était grand temps pour Verlaine de faire surface et
de prouver qu'il persistait non seulement dans l'être,
mais encore dans la littérature. En 1880, dans un article sur
les *Poètes contemporains*, publié par le *Messager de l'Eu-
rope*, revue éditée à Saint-Pétersbourg [2], Emile Zola écrivait
en effet : « M. Verlaine, aujourd'hui disparu, avait débuté
avec éclat par les *Poèmes saturniens*. Celui-là a été une
victime de Baudelaire, et l'on dit même qu'il a poussé
l'imitation pratique du maître jusqu'à gâter sa vie. »

Verlaine frappa donc aux portes des divers débitants
de missels et de soupe bénite. Finalement, grâce à l'entre-
mise de Delahaye, Victor Palmé, directeur de la Société
générale de Librairie catholique, 76, rue des Saints-
Pères, consentit à imprimer le livre *gratis pro Deo*,
bien entendu moyennant une avance de 600 F (tirage
d'environ 500 exemplaires). Quoique l'édition porte la
date de 1881, *Sagesse* parut en novembre-décembre 1880.
Parmi les envois d'auteur, trois requièrent l'attention.
Le premier, adressé à Victor Hugo, était accompagné
d'un sonnet qui se termine par ce vers :

---

1. Il s'agissait de certains des plus beaux poèmes de *Sagesse* dont
Beauté des femmes.
2. Article recueilli dans *Documents littéraires*, 1881.

Car vous me fûtes doux en des heures de peine [1]

Ici, la note est juste. Mais le deuxième envoi est déjà plus bizarre. Il avait pour destinataire l'impératrice Eugénie — en réparation des mauvais sentiments que le poète avait nourris jadis à l'égard du Prince impérial (qu'il appelait alors « charognard »). Le troisième envoi était destiné... au pape Léon XIII.

Le service de presse avait été minutieusement étudié. Comme on n'est jamais mieux servi que par soi-même, Verlaine avait lui-même rédigé sa prière d'insérer : « Nous annonçons avec plaisir la publication d'un volume de vers, paru chez l'éditeur Palmé. L'auteur, M. Paul Verlaine, déjà connu dans le monde des lettres, par des livres qui ont eu un vif succès auprès des amateurs de la vraie poésie, donne, cette fois, une note toute nouvelle. Sincèrement et franchement revenu aux sentiments de la foi la plus orthodoxe, il applique aujourd'hui son vigoureux talent à traiter des sujets chrétiens. D'ailleurs rien de banal dans ces poésies où se trouvent agités les problèmes les plus subtils de l'âme et de la conscience. Par instants, des cris d'indignation s'échappent de son cœur catholique à la vue de ce que nous devons subir en ces temps malheureux. Mais la forme, toujours savante, conserve à l'ouvrage le ton hautement littéraire qui lui assure un grand succès de bon aloi [2] »

---

1. Publié dans *Amour.*
2. Van Bever (Ad.) et Monda (Maurice) *Bibliographie et iconographie de Paul Verlaine publiées d'après des documents inédits,* Paris, Messein, 1926, p. 21.

Cette publicité fut proposée par l'éditeur à 340 [1] journaux habitués, pour la plupart, à réserver un accueil
favorable aux publications ultra-catholiques. Parmi les
feuilles régionales qui accueillirent cette note, on peut
citer : *La Vraie France, Le Conciliateur de Tarascon et
de Beaucaire, Le Citoyen de Marseille, Le Pas-de-Calais,
La Gazette de France, L'Univers*, etc.

Verlaine poussa même le zèle jusqu'à rédiger un article
pour *Le Triboulet* dont voici un bref extrait : « La
nouvelle tentative de M. P. Verlaine confirme toutes les
qualités déjà connues de l'auteur : science consommée
du vers, langue d'une haute correction, parfois d'une
curieuse érudition, énergies superbes et grâces exquises.
Le ton du livre est des plus élevés : il s'y débat de précieuses questions psychologiques; un coin même de vie
privée s'y révèle, mais chastement recouvert d'ardente
charité et des plus délicats sentiments [2]. »

Ce fut hélas ! le four complet — 8 exemplaires vendus
— le capucin Louis Morice, docteur ès lettres, nous
signale, à propos de ce recueil : « Seuls en parlèrent
Edmond Lepelletier dans *Le Mot d'ordre*, Emile Blémont, dans *Le Rappel*, Pierre Elzéar, dans *L'Evénement*,
Jules Claretie dans *Le Temps*, — et sans être entendus.
Même silence, du côté où l'auteur pouvait espérer toucher l'opinion : dans le monde catholique [3]. » Etant
tenu sans doute par le secret de la confession, notre religieux, fort inspiré par le livre de Delahaye (*loc. cit.*),
s'est abstenu de donner les dates et de signaler qu'il

1. Ernest Delahaye (*Verlaine*, Paris, Messein, 1923, p. 301) dit « une
trentaine de journaux et périodiques ».
2. *Bibliothèque de M. Louis Barthou*, seconde partie, Livres rares et
précieux, Paris, Auguste Blaizot, 1935, n° 896.
3. Delahaye (*op. cit.* p. 304) cite aussi *Le Gil Blas*.

n'avait pas consulté les textes, si bien qu'une bonne part des comptes rendus est restée introuvable, d'autant plus que *Le Temps*, à la Bibliothèque nationale, n'est consultable que sur un microfilm usé et illisible. Je n'ai réussi à dénicher que l'entrefilet d'Emile Blémont : « Dois-je parler ici d'un nouveau volume de Paul Verlaine, *Sagesse* (Palmé), qui m'a fort affligé et que je trouve peu sage ? On retrouve tout le talent du poète dans des vers comme celui-ci :

Des places ivres d'air et de cris d'hirondelles...

Mais quel désastre, quel naufrage, d'une intelligence d'élite en plein mysticisme catholique [1] ! » On voit tout de suite le style radical-socialiste et embarrassé de cet avocâtre pris entre deux feux. Lepelletier, dans sa biographie, résume son introuvable article en ces termes : « Je fis bien paraître un article élogieux justement sur ces poèmes [...] Mais j'écrivais cette année-là uniquement dans des journaux politiques, comme *Le Mot d'ordre*. Mon article sur *Sagesse* ne tomba point sous les yeux de lecteurs que la poésie intéressait. La clientèle ordinaire du journal dédaigna un ouvrage qui paraissait « clérical ». *Sagesse* eut, de plus, la malchance de n'être point en odeur de sainteté, ou mieux de publicité, auprès de la clientèle catholique [2]. »

Un heureux hasard nous a permis de mettre la main sur l'article de Jules Claretie :

1. *Le Rappel*, 16 décembre 1880.
2. Lepelletier (Edmond) *Paul Verlaine, Sa Vie, Son Œuvre*, Paris, Mercure de France, 1907, p. 432. Verlaine n'a jamais pardonné à son ami « d'avoir dit et imprimé que *Sagesse* était de la *fumisterie*. » *Œuvres posthumes* t. II, Paris, Messein, 1927, p. 337. Lequel des deux ment ?

Extrait du journal *Le Temps* du 14 décembre 1880.

« La *Nouvelle Athènes* perd un de ses causeurs. le *Rat Mort* (ce qu'eût dit de ce nom M. de Sucy ?) voit s'enfuir un de ses caractères [1].

« Peut-être verra-t-il, en revanche, apparaître et rôder bientôt de son côté un revenant des plus singuliers, un *parnassien* qui connaît bien ce quartier, un rimeur à demi oublié que nous avons connu jadis exaspéré et paroxyste et qui revient — Paul Féval du Parnasse — couvert d'un cilice, repentant « des haïssons les mœurs qu'il a pratiquées » dit-il, et se donnant dans un volume de vers nouveaux, comme « le dernier en mérite des fils de l'Eglise ». C'est Paul Verlaine. On peut dire que celui-là fut une effroyable victime du paradoxe. A la veille de l'entrée des Allemands dans Paris, cet affolé de Richard Wagner disait d'un ton flegmatique et convaincu : Enfin, nous allons entendre de la bonne musique [2] !

« Il avait sur *Marat*, commencé un poème qui débutait par ce vers, récité volontiers par son auteur, d'un ton souriant :

Jean-Paul Marat, l'Ami du peuple, était très doux.

« Un beau jour, M. Verlaine disparut. Que devint-il ? Il rentre à présent en scène avec un volume édité par le libraire des Bollandistes et intitulé *Sagesse*. Des effusions de charité, après ces *Poèmes saturniens* où l'on raillait M. Joseph Prudhomme. Des cantiques après des parodies ! Jean-Paul Marat et l'Agneau Pascal. Voilà un des *cas* littéraires les plus étonnants que j'ai (*sic*) rencontrés jamais,

1. Cafés parisiens.
2. Paroles prononcées place de l'Hôtel-de-Ville, devant Philippe Gille et Jules Claretie.

dans ce Musée pathologique des gens de lettres, où, parmi nos cérébraux, les cas extraordinaires ne manquent pas malheureusement [1]. »

De cette pauvre documentation se dégage manifestement que ce fut un four complet : les catholiques, sous-développés alors, se désintéressèrent de *Sagesse*, les quelques amis demeurés fidèles (et restés anticléricaux) demeurèrent stupéfaits, et gênés. Le plus cruel, semble-t-il, fut Jules Claretie, avec sa tactique de rappeler des souvenirs pénibles. Quant à Victor Palmé, il avait déjà fait descendre une partie de l'édition dans ses caves et probablement pilonner le reste.

Dans ce déluge de fausses notes, il n'en est que deux qui aient pu sonner harmonieusement aux tympans du poète. D'abord une lettre de Mallarmé [2] : « Voilà un livre qu'il est beau que vous ayez fait comme on aime les blancs rideaux d'un dortoir où circulent des anges neufs, simples et parfaits » et un jugement de Huÿsmans, toujours dans *A Rebours* [3] (1884) « [...] Verlaine s'était assez longuement tu, puis en des vers charmants où passait l'accent doux et transi de Villon, il avait reparu, chantant la Vierge, « loin de nos jours d'esprit charnel, et de chair triste ». Des Esseintes relisait souvent ce livre de *Sagesse* [...] »

On peut s'étonner qu'une nouvelle édition ait paru

1. Estratto dagli Atti della Accademia delle Scienze di Torino, vol. 96 (1961-62) : Il « Dossier Verlaine » delle « Archives du Département de la Seine et de la Ville de Paris ». Nota di Gianni Mombello, Documenti, n° 10, p. 23-25. Jules Claretie, avec des variantes, reprendra un article du 14 décembre 1880 dans *Le Temps*, 2 juin 1911, n° 18233, et cite la longue lettre cordiale que Verlaine lui adresse le 8 janvier 1881 (Corr. III, p. 85-88) — bien sûr un plaidoyer pro domo.

2. *Correspondance* II 1871-1885, p. 221. La lettre est du 17.1.81.

3. Ed. Crès, 1922, p. 243.

chez Léon Vanier dès 1889[1] et que *Sagesse*, dans le réfé-
rendum de *La Plume*, ait réuni la majorité des suffrages.
C'est oublier qu'à partir de 1883 la publication des
Poèmes maudits avait fait la célébrité de Verlaine, que
Des Esseintes l'avait accrue, que Maurice Barrès, en 1884,
tout en conservant sa lucidité, s'était mis au diapason
(*La Sensation en littérature*, in *Les Taches d'encre*) :
« Et les vers suivent (*sic*) d'une grâce mélancolique qui
se contourne sur des fonds gris, sur des teintes impressionnistes et que traversent des soupirs de dévotes jeunes,
avec des invocations à la Vierge, des attritions, comme
ensemble un petit air cafard et retour de Cythère, puis
des sanglots très vrais, du sérieux de pédant en prière
avec des coquetteries de ballerine; on songe aussi à ces
étoles pieuses dont la mode rhabille les plus belles de
nos pécheresses [...] » — et qu'enfin Léon Bloy dans *Un
brelan d'excommuniés* devait ajouter en 1889 son grain
de sel : « Il ne s'était rien vu de pareil depuis le moyen
âge [...] Il faut remonter jusqu'aux époques chenues et
voûtées de la *Chanson de Roland* et du *Saint-Graal* ou
du *Grand Hymnaire* pour retrouver cet aloi d'accent religieux[2]. »

La poésie verlainienne s'est trouvée rentable une fois
le rossignol devenu aphone.

---

1. Alors qu'en 1886 la plupart des exemplaires de la première édition moisissaient toujours dans les caves du pieux éditeur des Bollandistes (*cf.* Paul Verlaine *Lettres inédites à Charles Morice* éd. Zayed,
Paris, Nizet, 1969, p. 15 n° 4 et p. 16, § .4).

2. Cité par J. Richer : *Paul Verlaine*, Paris, Seghers, 1960, p. 102.

MANUSCRITS ET VARIANTES

Tous les éditeurs (à part Fongaro) se considèrent comme obligés d'imiter les moutons de Panurge et se croiraient déshonorés de publier *Cellulairement* après les *Romances sans paroles*. Ils déchaînent invariablement cette chimère qui s'appelle *Sagesse*. Nous ferons comme eux.
— L'inventaire des manuscrits est assez complexe :

1º Le manuscrit de *Cellulairement* (œuvre hétéroclite, mais contenant de merveilleux poèmes) se présente sous la forme d'un cahier de papier écolier à rayures bleues, paginé de 1 à 75. Il comporte deux lacunes : entre *Réversibilités* et *Images d'un Sou*, une moitié de la p. 18, et, entre *L'Art poétique* et *Via Dolorosa*, un tiers de la p. 31 et les p. 32, 33 et 34. Ernest Dupuy a relevé l'ensemble des variantes dans son article de la *Revue de l'histoire littéraire de la France* (juillet-septembre 1913). Paul Verlaine avait vendu le manuscrit en 1890 au peintre Félix Bouchor. Depuis les acquéreurs successifs connus furent Ernest Dupuy et Louis Barthou [1];

2º Le manuscrit Edouard Champion fut acheté par lui à Georges Verlaine en 1897 [2]. Sur le premier feuillet se lit « Paul Verlaine — *Sagesse* — 1876-1877 ». En haut

---

1. *Bibliothèque de M. Louis Barthou*. Seconde partie, Paris, Blaizot, 1935, nº 1102.
2. Charles de Sivry l'avait longtemps conservé.

et à droite de ce titre, l'auteur a inscrit la dédicace « A ma femme, ce manuscrit primitif, 1881. P.V. » Sa composition ne correspond pas exactement au texte définitif. Van Bever, dans son édition de *Sagesse* (Crès 1911), prétend indiquer en notes toutes les variantes du « manuscrit primitif ». La veuve d'Edouard Champion l'a probablement vendu à M. Cotnareanu. Il est possible que le manuscrit se trouve maintenant en Amérique;

3⁰ Le manuscrit Ernest Delahaye (manuscrit définitif) fut vendu par lui à Lucien Barthou en 1913 après sa publication en fac-similé la même année : Paul Verlaine *Sagesse* Paris, Messein, 23 p. typographiées, 101 p. photographiées représentant le manuscrit presque complet [1];

4⁰ La correspondance à Edmond Lepelletier et Emîle Blémont (t. I et II) contient beaucoup de premiers jets [2];

5⁰ Sur une troisième édition de *Sagesse* (1893) le poète s'efforça de dater les poèmes et ajouta de précieux commentaires (surtout sur S III 2). Le livre fut « donné » au comte allemand Kessler et appartiendrait aujourd'hui à Lord Carlow. Toutes les annotations furent relevées par Fernand Vandérem dans le *Bulletin du Bibliophile* du 20 juillet 1933;

6⁰ On pourrait relever de nombreux autographes isolés, par exemple S III, 4, reproduit en fac-similé dans *Le Manuscrit autographe*, n⁰ 7, janvier-février 1927, pp. 34-36 (manuscrit Armand Godoy).

---

1. *Bibliothèque de M. Louis Barthou.* Seconde partie, Paris Blaizot, 1935, n⁰ 1100.

2. Les letres à Lepelletier appartiennent aux héritiers d'Alfred Saffrey, les lettres à Blémont, sauf une, se trouvent à la Bibliothèque nationale.

En matière de variantes, je me bornerai[1] à transcrire le premier jet de S III, 11 (lettre à Lepelletier, Mons, fin 1873)

Mon Almanach pour 1874

Printemps

La brise se rue à travers
Les buissons tout noirs et tout verts,
Glaçant la neige éparpillée
Dans la campagne ensoleillée.

L'odeur est aigre près des bois,
L'horizon chante avec des voix,
Les coqs des clochers des villages
Luisent crûment avec les nuages.

C'est délicieux de marcher
A travers le brouillard léger
Qu'à chaque instant le vent retrousse.

Ah! fi de mon vieux feu qui tousse!
J'ai des fourmis plein les talons.
Voici l'Avril! « Vieux cœur, allons! »

Il suffit de comparer avec le résultat final pour constater que le poète a ajouté six vers pour faire plaisir à la clientèle catholique.

---

1. Dans le chapitre v de la thèse de C. Cuénot *Le Style de Paul Verlaine*, étude approfondie des variantes de S III, 3 « L'espoir luit », qui visent à rendre le réseau des refrains plus dense.

LA VIE ET L'ŒUVRE
DE PAUL VERLAINE

Origines

PAUL-MARIE VERLAINE naquit, au hasard d'une garnison, le 30 mars 1844 à Metz, de Nicolas-Auguste Verlaine, capitaine-adjudant major au 2e Régiment du Génie, originaire de Bertrix, près de Paliseul, dans le Luxembourg belge, et de Stéphanie Dehée, d'une famille originaire de l'Artois. Verlaine, cet enfant longtemps désiré, sera toujours un homme du Nord, donc des plaines, avec des affinités belgo-luxembourgeoises. Parents aisés, malgré de graves déconvenues financières, et parents faibles, la mère en particulier — le père mourra le 30 décembre 1865. Quelques ancêtres inquiétants. En 1851, le capitaine Verlaine démissionne et s'installe à Paris. Paul, bourgeois de gauche, suit des études littéraires passables — il saura un peu de latin et lira beaucoup de français, « en diagonale ». Il traverse une adolescence fort trouble et commence à écrire des vers. Le 16 août 1862, il est reçu bachelier, sans éclat particulier, et passera une partie de ses vacances à Lécluse, chez sa cousine Elisa Dujardin, mariée et plus âgée que lui, et probablement le grand amour de sa vie.

Débuts littéraires

Il commence à boire, et en août 1863 publie *Monsieur Prudhomme* dans la *Revue du Progrès moral* de son ami Louis-Xavier de Ricard, qui l'initie à l'art des « parnassiens ». En mai-juin 1864 le poète est nommé expéditionnaire dans les bureaux de la ville de Paris. En fin d'année, il pénètre dans un second cercle littéraire, celui de Catulle Mendès (où il rencontrera Glatigny). Dès 1865 il est lancé dans la littérature. Chez Alphonse Lemerre, le poète collabore au *Parnasse contemporain* (première livraison 1866). Elisa fournit l'argent pour la publication des *Poèmes saturniens* (1866).

Autour des « Fêtes galantes »

Verlaine change d'inspiration et se tourne vers un XVIIIe siècle de rêve (centré autour de Watteau et de ses imitateurs). Le 16 février 1867, Elisa meurt à Lécluse et le poète noie son chagrin dans l'alcool. Le 25 février 1867, il commence à collaborer au *Hanneton* d'Eugène Vermersch, le futur communard. Il poursuit la veine du XVIIIe siècle — sorte de fuite dans le miroir —, et compose parallèlement des poèmes « réalistes ».

Des bas-fonds jusqu'à la « conversion » au bien

En fin décembre 1867, Poulet-Malassis, l'éditeur de Baudelaire, publie sous le manteau, à Bruxelles, *Les Amies, scènes d'amour sapphique*, signées Pablo Maria de Herlagnez. Le recueil sera condamné par le tribunal de Lille en 1868, la première année où Verlaine fréquente les folles soirées de Nina de Villard (ci-devant de Callias) où il fait la connaissance de Manet. Le poète se trouve en pleine crise, éthylique et homosexuelle (Lucien Viotti) mais en juin 1869, étant venu voir le musicien Charles de Sivry, il rencontre la demi-sœur de celui-ci, Mathilde Mauté, dite de Fleurville, âgée de seize ans, et s'en éprend. Autorisé à faire sa cour, il commence à envoyer à Mathilde Mauté, en Normandie, les poèmes de la future *Bonne Chanson* et tente péniblement de s'amender. Le 10 juillet 1869 Verlaine publie les *Fêtes galantes* tout en travaillant aux *Vaincus*, recueil d'inspiration socialiste. En 1870, il achève *La Bonne Chanson* qui ne sera mis en vente qu'en 1872.

Sous le signe de Rimbaud

Le 19 juillet 1870, la guerre est déclarée à la Prusse, le 11 août Verlaine épouse Mathilde, le 4 septembre la République est proclamée. Pendant le siège de Paris, Verlaine s'engage, affecté au 160e bataillon de marche de la garde nationale. Reprenant l'habitude de boire, il commence à brutaliser Mathilde. Le bombardement de Paris est suivi, en fin janvier 1871, d'un armistice, mais le 18 mars éclate la Commune : Verlaine devient chef du bureau de la presse. Après la répression, il s'abstient de retourner à l'Hôtel de Ville. Vers le 10 septembre 1871, sur l'invitation de Verlaine, Rimbaud débarque chez les Mauté, rue Nicolet, qui sont scandalisés de son attitude et s'en débarrassent vers le 25 septembre. Rimbaud est alors logé par des amis de Verlaine. Il fait à nouveau scandale en fin janvier 1877 lors du dîner des « Vilains Bonshommes ». Malgré la naissance du petit Georges, fils du poète (30 octobre 1871), Verlaine se transforme en brute éthylique si bien qu'en février 1872, M. Mauté entame une procédure en séparation. Aux alentours de mai-juin 1872, sous l'influence de Rimbaud, Verlaine compose la plupart des *Ariettes oubliées* (*Romances sans paroles*). Le 8 juillet 1872, Verlaine et Rimbaud quittent définitivement Paris, et de Charleville se rendent à Bruxelles. Le 21 juillet 1872 Mathilde part pour Bruxelles dans l'espoir — déçu — de reconquérir le poète. Rimbaud et Verlaine ne cessent de vagabonder ensemble ou seuls (Belgique — Londres — Luxembourg belge). Le 19 mai 1873, Verlaine envoie le manuscrit des *Romances sans paroles* à son ami Lepelletier. Après une scène violente avec Rimbaud, le poète, en juillet, s'enfuit à Bruxelles où Rimbaud vient le rejoindre.

La « conversion » à Dieu

Verlaine tire sur son compagnon le 10 juillet 1873 et se voit condamné à deux ans de prison. Il est transféré à Mons. Les *Romances sans paroles* paraissent « à la sauvette » en 1874. Brochant sur le tout, le 24 avril 1874, un jugement du Tribunal de la Seine prononce la séparation de corps entre Verlaine et sa femme, et confie à Mathilde la garde de l'enfant. En mai, tenu au courant, Verlaine se « convertit ». Il profite de son séjour forcé pour écrire de la poésie, par accès, et pour lire spécialement de l'anglais. Il devient royaliste et réactionnaire. Libéré le 16 janvier 1875, il a une entrevue avec Rimbaud à Stuttgart, puis enseigne en Angleterre où il mène une vie relativement digne (Stickney, Boston, Bournemouth). En 1875, il a terminé un nouveau recueil (*Cellulairement*, qu'il démembrera par la suite).

Le retour des vieux démons

En octobre 1877, il enseigne à l'institution Notre-Dame de Rethel, mais il recommence à boire et se prend d'une trop vive amitié pour un élève, Lucien Létinois, ce qui ne l'empêche pas, en 1878, de revoir deux fois son fils et de tenter, en vain, de renouer avec Mathilde. En 1879, il passe en Angleterre avec Lucien Létinois, puis en 1880, il s'installe avec lui dans une ferme de Juniville. Parution, à compte d'auteur, de *Sagesse* (début décembre 1880). En 1882, Verlaine liquide la ferme de Juniville et retourne à Paris, où il renoue avec quelques-uns de ses anciens amis, entre en liaison avec son futur éditeur Léon Vanier, et commence à se faire connaître. Le 7 avril 1883 Lucien Létinois meurt de la typhoïde. A partir de l'automne 1883, le poète vit à Coulommes où il

mène une existence des plus scandaleuses. Le 3 janvier
1885, *Jadis et Naguère* paraît chez Vanier. — Le 8 mars
1885, la propriété de Coulommes est vendue à perte.

Verlaine « *écrit sous lui* »

Après un mois de prison à Vouziers (13 avril-13 mai
1885) pour coups et menaces de mort contre sa mère,
après avoir vagabondé, Verlaine se réinstalle à Paris à peu
près ruiné. Il ne cessera plus d'être un malade hantant les
hôpitaux jusqu'à la fin de sa vie — cure à Aix-les-Bains du
19 août au 14 septembre 1889. Le 21 janvier 1886,
il perd sa mère, en avril ou mai il fait la connaissance
du dessinateur Cazals. La gloire de Verlaine ne cesse
de croître, malgré des heures de noire misère, et des
bandes de ratés, de médiocres ou d'arrivistes cherchent
à se réclamer de lui. A partir de 1890-1891, il s'aco-
quinera avec des « chères amies » (Philomène Bour-
din et Eugénie Krantz). En 1893, tournées de confé-
rences en Hollande, en Belgique, en Lorraine, en Angleterre. Le 4 août de cette année, il a le front de poser sa
candidature à l'Académie française. Le 9 août 1894, il
reçoit un premier secours de 500 F du ministère de l'Ins-
truction publique, le même mois, il est élu Prince des
poètes à la mort de Leconte de Lisle.

Il meurt le 8 janvier 1896, après avoir publié maints
recueils pour une très large part « alimentaires »
Amour (1888), *Parallèlement* (1889), *Femmes* (1891),
Dédicaces (1890), *Bonheur* (1891), *Chansons pour elle*
(1891), *Liturgies intimes* (1892), *Odes en son honneur*

(1893), *Elégies* (1893), *Dans les Limbes* (1894), *Epigrammes* (1894), *Chair* (1896), *Invectives* (1896) — publication posthume. — A noter parmi les œuvres en prose *Charles Baudelaire* (1865), *Les Poètes maudits* (1884-1888), *Les mémoires d'un veuf* (1886), *Histoires comme ça* (1888-1890), *Les Hommes d'aujourd'hui* (1885-1893), *Mes prisons* (1893), *Confessions* (1895).

C. Cuénot
Docteur ès lettres

TABLE

ROMANCES SANS PAROLES

ARIETTES OUBLIÉES

PAYSAGES BELGES

AQUARELLES

SAGESSE

I

Table 211

NOTES ET COMMENTAIRES

IMPRIMÉ EN FRANCE PAR BRODARD ET TAUPIN
Usine de La Flèche (Sarthe).
LIBRAIRIE GÉNÉRALE FRANÇAISE - 6, rue Pierre-Sarrazin - 75006 Paris.

ISBN : 2 - 253 - 00964 - 4   ✦ 30/1116/0